“音乐纵横三人谈系列”

瞿小松、谢嘉幸与文化名流·影视对话录

Quxiaosong、Xiejiaxing Yu Wenhua Mingliu · Yingshi Duihualu

总策划：谢嘉幸　赵为民

在国音听讲座　张天彤　丁旭东◎主编

丁旭东◎评注

时代出版传媒股份有限公司
安徽文艺出版社

图书在版编目（CIP）数据

瞿小松、谢嘉幸与文化名流·影视对话录/张天彤，丁旭东主编. —合肥：安徽文艺出版社，2018.3
（音乐纵横三人谈系列）
ISBN 978-7-5396-6087-5

Ⅰ. ①瞿… Ⅱ. ①张… ②丁… Ⅲ. ①访问记—作品集—中国—当代 Ⅳ. ①I253

中国版本图书馆CIP数据核字(2017)第103807号

出 版 人：朱寒冬
责任编辑：刘军玲　　装帧设计：张 婷 闻 艺

出版发行：时代出版传媒股份有限公司 www.press-mart.com
安徽文艺出版社 www.awpub.com
地　　址：合肥市翡翠路1118号　邮政编码：230071
营 销 部：(0551)63533889
印　　制：安徽联众印刷有限公司 (0551)65661327

开本：787×1092 1/16　印张：17.75　字数：350千字
版次：2018年3月第1版　2018年3月第1次印刷
定价：39.00元

目录

抗言谈在昔

亲爱的各位读者，非常感恩能与你在本书中相遇，在诸君开卷之前，我想像"导读"一样给大家说几句。

先说说本书的前身往故吧。

本书为原中国音乐学院音乐研究所所长的谢嘉幸教授和国际著名的作曲家、人文学 者瞿小松教授为学院学生开设的一门"人文素养课程"。

这门课有一个总的名称叫"音乐纵横三人谈"，言外之意，它的内容基于音乐但又从上下左右、四面八方的全视角对课程进行了拓展。俗说话，"艺术相通"，所以，这个拓展就到了电影、诗 歌、民间艺术、宗教艺术、传统文化等诸多领域。常年坚持下来，我们在回顾的时候，吃惊不小，竟然已经形成了一个庞大的人文知识系统，而且，许多的旁支竟然成长为一个自成体系的系统。本书就是其中一大分支。相信经我这么一说，你就会理解为什么音乐学院竟然"荒腔走板"干出这么一件似乎"不务正业"的事来。

这门课的主要听众是中国音乐学院的硕、博研究生，是他们接受研究生教育中一门选修课。这些学生可算得是中国音乐学院的最高学历最高层次的学子了，是未来的学者和专家，所以不能小觑，要体现出学术的深度、知识的广度和智慧启示的普遍度，怎么办呢？课程策划人开始充分发掘个人的资源优势,请来了各种艺术或相关专业门类中有建树有声望的学者、艺术家。因此,这门课又有了一个小名——“瞿小松和谢嘉幸对话文化名流”。

既然是讲座课,所以每节课都会有一个主题鲜明的话题。可是由于在台下听课的学生主体是学习音乐的,对于电影、绘画等艺术也只能算是外行或者爱好者,因此我们只能让那些非音乐类的文化名流降下身段,来讲一些“通识性”知识和具有普遍性的思想心得。所以,编者在此说明,如果大家看到有些“讲座”的内容主题不够集中,甚至有些浅显,千万不要大惊小怪,因为我们这本书就是给那些非影视专业人士看的影视专业书。

最后,说说这本书的体例。如何将讲座搬到书中,小编也是做了好一番思虑。讲座是两位专家担任主持和学术对话(固定的范式是瞿小松和谢嘉幸两位老师担任,笔者偶有客串)。每一讲呢,又专门请来一位“文化名流”进行一个大约半小时的专题演讲,用以阐明主旨引出话题,最后又留有大约一刻钟的时间让专家接受学生提问。考虑到书面呈现和现场对话形式的不同,为了方便阅读,编者在内容次第排布上做了调整:1.讲座主题,不变;2.加入了特邀名家的简介。这部分在讲座中是由主持专家担任的。为了避免内容重复,所以在文章正文中就不再体现了;3.讲座导读,这是编者的新添内容,目的是为了让诸君在阅读前对“讲座”内容有个大致的了解;4.“讲座实录”,其中的绝大多数内容是忠于原貌,但有些细节部分是由笔者和讲座嘉宾以及对话专家在整理出抄本后协商修正的。文中的标题和注释以及文后的评论是编者新添的。

孔子曾说:“学而不思则罔,思而不学则殆。”这句话到现在还是正确的。学的主义是接受已有的知识,思的要旨是独立思考。学而不思,只知接受已有的知识而不进行独立思考,则将迷惘而无所得。思而不学,不接受已有的知识,则将陷于荒谬。对话,其实就是学、思的形式,是涵濡主体知识修养的过程,也是思想撞击与知识创造的过程。感谢诸君的赏读,希望这本小书能够给你带来阅读的体验,带来一丝清新的生命快乐,也希望听到你们的思想回响!

丁旭东博士(后)

2017年10月17日于北京豆瓣胡同寓所

摄影

在影视这个综合艺术的大家庭中，摄影无疑处于核心的地位，因为影视艺术是拍摄出来的。可以证明这一观点的是，中外电影都是诞生在照相馆里。在默片时代，电影可以是没有发出声的语言对话，可以没有音效，但不能没有拍摄。影视拍摄和照相具有众多共性，如对拍摄对象体积、色彩、明暗、质感、立体形态、轮廓形式的记录与再现，对光和色彩语言、不同景别、不同方位、不同摄法的运用，等等。所以，有人说影视摄影只不过是运动的拍摄罢了。这话虽然绝对，但在一定程度上揭示了其真理性。如果换作严谨一些的学术表达，那就是影视摄影是运用摄影胶片等将拍摄对象及其动作进行纪录。基于人眼视觉暂留 1/16 秒的原理，运用 24 格/秒的摄影频率进行拍摄，然后再按同样的频率放映在银幕上，使观众可以看到与现实生活中活动实体完全相同的活动影像。

鲍昆:视觉艺术中的摄影术

1953年10月出生于北京,摄影家、视觉文化评论家、策展人,四月影会重要成员。曾担任CCTV《瞬间世界》栏目主编,中国国际摄影艺术展览、中国摄影金像奖评委,以及多个城市国际摄影节策展人和学术论坛主持人。著有文集《时间的躁动》《观看·再观看——当代影像文化》等,主编《摄影中国——中国摄影50年》。

讲座导读：

电影还有个名字，叫映画，意思是放映画面。早期电影没有电脑特技，就是通过照相技术拍摄。

拍摄活动的物体，如果按照每秒24帧连拍，可以把物理运动的过程拍下来，拍下来的画面单看是静止的，可是如果按照每秒24帧连续放映，就会重新看到活动的物体。其奥妙是利用了人眼视觉暂留原理。因此我们说，摄影是电影拍摄的基本内容，没有摄影也就没有电影。

借以证明的是，无论中外，最早的电影都是出自谙熟照相技术的摄影师。如世界最早的电影《火车进站》(1895)，是经营照相馆的老卢米埃尔的两个熟悉照相技术的儿子(卢米埃尔兄弟)拍摄的。中国的第一部电影《定军山》(1905)，是北京丰泰照相馆创办人任景泰拍摄出来的。

电影诞生至今已有110年，虽然其内部工作分工越来越明确，但我们仍然会看到优秀的摄影师转行成为导演，如毕业于北京电影学院摄影系的大导演张艺谋等。当然，张艺谋的职业成功转型也说明摄影和电影这两门艺术之间存在着内在逻辑关联。

摄影是电影艺术的前身和基础，学好电影应从学习摄影开始。

今天我们特别邀请了我国著名摄影家、摄影评论家鲍昆先生来给我们做电影系列讲座的第一讲。

下面我们有请鲍昆先生以及对话专家瞿小松教授、谢嘉幸教授。

作为一个具有深刻理解能力、活力和创造力的艺术家,他的视野应该是开阔的,也就是说他必须具有能够从大文化角度重新返回到与自己所从事的专业,并创造二者辩证的相互关系的能力。这些年我们中国的艺术教育,实际上有一些走偏,我们太强调技术性,甚至经常将现代性和技术性等同起来,结果造成现在的艺术教育往往抽离开人的本质诉求,更多指向技术性的一些训练,导致我们有很多很有技巧的作品,却都不打动人,就是因为这些作品缺少灵魂,不能让受众的内心真正受到触动。

自全球化以来(这个全球化很早,从荷兰殖民主义者开着船带着枪炮到亚洲到拉丁美洲的时候开始),我们所谈的很多问题都不再是孤立的了,我们面对的很多问题实际上都有它在整个空间和时间上形成的更为宏大的关系,而我们所谈的艺术就处在这种复杂的时空里。

有人说,我是个音乐家,我只谈音乐,别的和我没关系。虽然音乐特别抽象,但其实每个音乐家都处在一定的社会关系和文化背景中,都离不开相互之间各种各样、彼此影响的关系,而且一切都有一个历史逻辑。我们知道,音乐文化从古典音乐一步步走到今天,是一个历史递进的过程。但是这个过程

*摄影主要包括照相机摄影和摄影机摄影两种类型。本场讲座讨论的是照相机摄影。

*数字摄影三阶段。(1)输入：通过影像传感器接收成像信号并转换成数字信号储存在磁盘上。(2)处理：通过计算机对数字影像信号进行修整或创作。包括常规处理(如对曝光、反差、色彩、剪裁等的修整)、特技处理(如拼接、合成变换背景、浮雕等)。(3)输出：通过数字打印机获得彩色照片。也可通过数字胶片纪录仪获得黑白和彩色负片或正片。

的形成是孤立封闭地发展起来的吗？不是！实际上，欧洲文艺复兴之后的各个艺术门类，都在齐头并进，从来没有谁是单独地前行。因此，我们要想弄清楚一门艺术，不可以脱离对相关艺术的考察，不可以脱离整体文化的视角。所以，我们今天谈摄影术就不仅谈本体还会顾及其他。

摄影术及其特性

什么是摄影？通俗地说就是照相*，即用相机摄取影像的过程。

摄影术即相机摄取影像的手段和方法。

传统的摄影术是用照相机把光造成的影像照在感光片上，经过暗房的化学处理程序固定影像，制成照片。现在的数字摄影*则是采用数字信息处理手段，通过输入、处理、输出程序来完成，较之传统摄影术要在操作上简便许多。

摄影是一种思维过程、组织过程，要遵循构图的原则。

摄影构图的目的和任务就是根据画面的内容、要求，依靠一定的造型手段，把观众的注意力吸引到一定画面中某一被选择的物体上，并且通过构图的选择处理，使画面具有一定的表现力，使其内容鲜明，突出影响观众的感受。

构图的要素有形态、线条、明暗、质感、立体感及色彩，其中形状是最基本的要素,线条是最主要的要素,是画面的骨架。

摄影的功能很多。其图像信息记录与传播功能，在新闻和科学研究等领域得到了充分的发挥和利用。如其遵循艺术美学的原则,反映现实社会生活,表达主体的审美感受、思想情感或人生态度,这就成了一门造型艺术。艺术语言构成主要是光线、形体、色调、质感。其实践结果就成了主要供人们欣赏的摄影艺术作品。

摄影术有三大特点*。

第一个特点，它是复制性的技术，通过镜头和感光体对客观实物进行了记录(拷贝)。

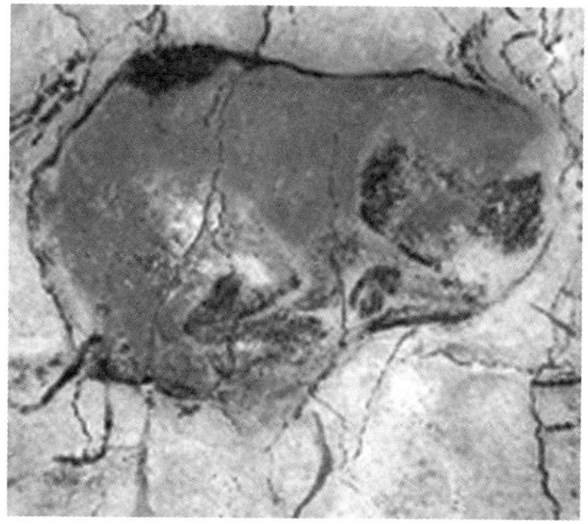

阿尔塔米拉洞窟壁画位于西班牙坎塔布利亚自治区的桑蒂利亚纳·德耳马尔附近，距今11000~17000年，描绘了欧洲旧石器时期红色、黑色、黄色和深红色的野牛、野马、野鹿等动物。此图显示的是长约2米的《受伤的野牛》,它刻画了野牛在受伤之后的蜷缩，准确有力地表现了动物的结构和动态。

*要指出的是,有些专家认为:摄影还有一个特性,即“具有保持记忆的功用,它可以使那些废墟永远地保存在我们回忆的档案里”。“摄影不只应该记录外在的世界,也应涉及不能触摸的东西,以及想象的范畴。”

不过，编者赞同鲍昆先生的选择,眼见为实,所以很多人把摄影图片当作存在的见证。而实际上,它不过是物象发出的一个幻影,经过快门咔嚓一下的选择,PS的移花接木,图像成了眼中的真实,同时成了影响我们对事实真相的判断的藩篱,即使说它是假的,也有许多人不这么认为。

它实现了人类上万年以来的愿望——把看到的东西记下来,并将其作为一个信息传递给另一个人看。这个愿望久远而且漫长。

我们知道,上万年以前西班牙洞窟里便有了壁画,艺术开始出现了。

可是,人类做艺术的目的是什么?当然有很多说法,比如艺术产生于劳动，艺术产生于宗教，等等。按今天现代科学的标准来看，人类最早是要制造信息，不管这些信息是宗教崇拜的信息，还是生产中需要的信息（诸如狩猎地点和猎物数量等）。能够把信息视觉化是人类长久的一个愿望，摄影术的出现彻底地实现了这一愿望。

从古希腊时期以来，我们可以看到的基本就是各种各样的绘画和雕塑。在中世纪后期，包括文艺复兴时期，很多画家努力的方向就是如何让绘画再现客观真实，也就是说能够达到我们今天照片的这种效果：信息准确，不走样。摄影术的出现，一下子就把画家拼命追求的东西全部实现了。

第二个特点，就是它可以产业化。它是一个通用性的可以消费的技术。

原来早期的一些摄影家很神圣，因为能够摄影拍照的人很少，照相机很昂贵。但在今天，这种神圣感已不复存在，你到商店里花钱买一个相机，就可以拍出带有平面视觉的各种结构的符号性的照片，你还可以去组织生产。照片的各种生产手段、器材和产品，你都可以花钱去买，从 1000 块钱一直到几万块钱，通过商业交易而直接得到。这个行为的结果叫消费，所以它是消费技术。

所谓的"通用性"，就是任何一个人拿到照相机在手里都可以轻松地使用，而且越来越便捷。现在很多相机都已经先进到连各种艺术效果都在生产商的工程师那里设计好了，比如说 Iphone 手机有很多的拍照功能，你可以在苹果的网站上下载一个叫艺术照片的软件，很便宜，通过付费，在拍照的时候就可以选择很多艺术效果。如果你要浪漫型的，先点一下然后再拍照，照出来的效果就非常浪漫、柔和、虚幻、朦朦胧胧，满足你的想象；如果你要怀旧的，拍出的照片就是一种发黄，好像快发霉的感觉，是岁月斑驳的感觉。这其实就是我们今天所处的时代——技术消费时代。

技术消费时代最大的特点，就是由资本控制的一些产品开发实验室，组织了最精英的少数人才，去解决社会公众的技术需求。也就是说，我们原来需要从小学习才能掌握的很多生活技能，像手工制作、缝衣服，然后长大要学木工、金属加工这些可能的谋生技能现在都不需要了。今天的技术时代，无形中把我们与生活必需的技能性的关联性剥夺了。今后的人可能会越来越笨。

我们生活的这个环境，离我们的生命，离人的本质越来越远。技术时代巨大的特点就是少数人完成了大多数人的事，让大多数人的技能越来越单一

1900年，柯达 1 BROWNIE 正式诞生了，照片冲印店也一直延续到胶片没落。

化、简单化,而且越来越慵懒,越来越高血糖、高血压,人的生命特征都在萎缩。原因是中间有一个巨大的资本力量,推动我们用金钱买各种各样的享受。因为只有在不断地生产、购买、交易的过程中,资本才能持续地创造它们的利润,结果就是我们每个人都处在这样的一个循环链中,并成为其中的一个环节和因素。所以说,技术时代的一个特点,就是人原来需要甚至必需的丰富劳动,逐渐在资本主义生产的发展中被分离。我们获得了舒适,却丧失了活力。

可以说,摄影术的诞生标志了这个时代的开始。原来要画一个逼真的东西,通过画家的劳动来实现是个很不容易的事情,需要借助画家高超的绘画技巧。然而摄影术出现以后,买一部相机按照操作说明书来使用,拍出来,就什么都有了。柯达公司就是技术消费时代以来,最早把这一套做得最全面、最彻底的公司。

1888年,柯达公司生产了一种小型的,像今天我们叫作傻瓜机的相机"勃朗宁"。这款相机只卖五美金,相当于在中国五块钱人民币,里面还装好了胶卷。

"柯达"一词就是相机快门的意思。

它的广告语是非常诱人的一句话,也标志着柯达公司的本质:"您就咔嚓一声,剩下的由我们来。"大家注意在这句话描述的过程中,拍照的人是没有多少自己的创造性劳动的,不再有像画画那样斟酌色彩和光线的主观创造过程了。但是柯达公司让人类希望能够留住一个瞬间视觉画面的心愿实现了。

发展到今天的数字时代,一切就变得更先进了。手机软件可以生成任何你想要的感觉。

现在的消费主义文化，就是不断为人们制造幻觉，包括虚幻的听觉、虚幻的视觉等等。

现在的我们有意无意间是在被资本创造的消费主义奇观裹挟着往前走。

第三个特点就是“看”。因为摄影产品的照片是平面的，和绘画的平面性一样，都是以框形的平面去呈现各种各样的视觉效果。也因此，人们在很长时间里把摄影跟绘画简单地等同起来，说它是一门视觉艺术。这个说法实际上遮蔽了摄影在历史上更强大的作用，甚至扭曲了摄影这个媒介的根本性特征。

这就产生了一个很有趣的现象，就是摄影术发明以后，跟绘画有近百年的“你中有我，我中有你”的历史。

摄影术的出现引起了社会的大震动，法国政府将摄影术变成一个开放的专利，供社会免费使用，受到社会公众的普遍欢迎。

我认为，这项发明的意义绝不低于我们古代的四大发明，因为它在人类认识世界方面起到的媒介作用太大了。

但是同时，传统的绘画界却异常愤怒。他们认为摄影术是拙劣的技术，不是艺术。因为艺术是原创性的，画家的每一笔都带有自己生命的温度，而摄影术是一大堆买来的瓶瓶罐罐乱整出来的。

对摄影术的这种鄙视，是来自一个漫长的古老文化对一个现代文化的敌意，而不是一个对未来有着前瞻性思考的态度。于是，在很长时间里，传统艺术对摄影术是挤压和鄙视的。

摄影术的前世与诞生

在17世纪以后的200多年,欧洲的画家们已经在使用摄影术的原理画画了。

因为画家追求真实,如果用肉眼,根据线性透视法看到的东西,难免会走形。

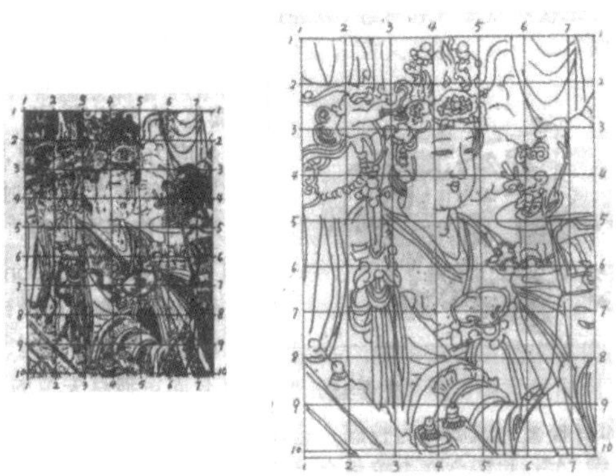

网格放大法绘画示意图。其基本过程有五步:(1)将图画小样用延长对角线方法,选取放人的画幅。(2)将小样用线扌格,划分若干相等止方形,并在经纬线端标出序号。(3)将放大的画幅依小样打出相等数目的正方形的格,在线端标出同样数目的序号。(4)放大绘画时,依经纬线的序号,寻找形象所在小格中的位置,如同找坐标点,对照小样再放大形象依照格次描画。(5)线描轮廓画出后,按小样色彩效果绘制完成。

*大家一般认为,"小孔成像"是公元前4世纪中国墨家最早发现的光学原理。其证据可见《墨子·经说》:"景,光之人。煦若射,下者之人也高,高者之人也下。足蔽下光,故成景于上,首蔽上光,故成景于下。"不过中国发现小孔成像的原理和摄影术的发生并没有什么直接关系,虽然古代的中国也制造出了暗箱,但长期以来暗箱充当的只是一种风水观测装置。其实,在公元前8世纪,这一原理即"暗箱",在伊斯兰的国家也像中国那样被广泛运用。

*暗箱,即黑暗的房间,这可是一项有趣的发明。据说,很久以前,有一个人手秉蜡烛进入了一个黑暗的房间,不知什么原因,蜡烛熄灭了,这时他看见一束光线穿过一个非常小的洞射进来照到墙面上,令他感到惊讶的是,他看到的墙面上竟然是洞外的景象,只不过是倒立的,这也许就是人类最早的暗箱吧。

*将图画小样放大绘制的方法之一。亦称九宫格放大法、网格放大法。一般用于放大创作草图,依小样复制大幅绘画等。打格放大主要在于解决大画幅以及超大画幅(例如十数平方米及以上)绘画的准确性问题。

人们发现按照小孔成像的光学原理可以很好地把握物体轮廓和空间方位。摄影术的原理应该来自中国古代的墨子的发现——小孔成像*。

在一个黑屋子墙壁上砸一个孔来制造影像还是比较笨的方法，后来人们发明了暗箱*,就是针孔成像装置,通过暗箱上形成的影像去描摹勾勒对象的轮廓。因为这个画面很小,然后再通过网格放大法*做成大画。应该说摄影术的出现砸了很多画家的饭碗。

瞿小松:鲍老师,摄影术的发展,跟您刚才提到的很多画家用这个小孔成像术有关吗?

小孔成像的原理被发现后,一些画家也用这个方法来帮助绘画。

还有一些画家想:既然已经可以很清楚地在镜箱上看到真实的镜像,那怎样才能把看到的镜像真实地留下来,而不是描画出的呢?于是,摄影术的观念萌芽就这样产生了，剩下的就是如何解决将通过镜箱看到的影像留下来的问题了。

19世纪初对丁问题的解决渐渐有了眉日。

直到1839年8月19日,法国科学院和艺术委员会通过了一项决议:某个专利由国家购买,再将其公开。就是说国家出钱买了一个专利供给公民免费使用。这个专利就是摄影技术,当时称达盖尔法*。摄影术也就此宣布诞生,发明这项专利的法国画家达盖尔(Daguerre)被誉为"摄影之父",这一天作为摄影术的开端被世界公认为"摄影纪念日",从此摄影开始了自身历史的书写之路。*

在漫漫的历史长河中,原来是没有艺术家的,只有会画画的工匠。后来随

*达盖尔法是达盖尔银版照相法的简称。达盖尔(1789~1851),最早在法国的一家著名歌剧院当布景画家，后来他在前人的基础上 继续用金属板涂银的方法进行实验， 结果在1837年成功地创制了银版照片。为了使自己的发明得到社会的认可,他到处奔走。后来，巴黎天文台总监阿拉哥帮助了他——阿拉哥于1839年8月19日在法国科学院和美术学士院的特别会议上详细介绍"达盖尔银版法"操作方法，经法国科学院和美术学士院联合大会公布，认可了达盖尔的现代银版摄影术(即达盖尔银版照相法)。

*摄影的起源还有另一说法。1825年，约瑟夫·尼埃普斯（1765年出生于法国的索恩河畔沙隆）成功使用溶解在薰衣草中的沥青拍摄到图像。曝光在暗箱中进行了八个小时，最终把他家的庭院景观显示出来。后来他跟路易·达盖尔合作发明摄影术的时候也使用了薰衣草油。1883年,尼埃普斯去世后,达盖尔继续钻研,发现了一种更实用的摄影术并申请了专利，后来这一专利被法国政府购买了。尼埃普斯的后代最终也通过投票表决获得了应有权益。现在,在圣罗德瓦雷纳郊外的第六国道旁边屹立着一座威严的大石

碑,上面用大大的大写字母醒目地写道,“1822 年, 尼埃普斯在这个村庄里发明了摄影术。”

* 这里指的是两种胶片(菲林/胶卷)类型。负片(Negative Film),冲洗后得到负像(底片的色彩跟“真实”的相反,黑白颠倒),即我们普通人,一般家庭在 DC 普及之前摄影上最常用的胶卷。正片,又称反转片(Reversal film),冲洗后得到正像(底片的色彩跟“真实”的相同),一般指专业型,为专业摄影师或发烧友所用。

达盖尔银版法拍摄的照片

着社会物质水平的提高,文化需求日渐旺盛,好的工匠们就变成了稀有资源,于是艺术家诞生了。

在这个过程中,画家首先被宫廷教会供养,付给他们生活费,画家为他们工作。后来,大量的画家转而给新兴的富人阶层画肖像。

但是摄影术出现后肖像画市场就受冲击了,因为照片比画像要真实。

银版法摄影跟我们今天的摄影有很大不同。

在数码之前我们大家都知道胶卷,我们管它叫正负系统 *,就是说拍了底片再去印照片。

但达盖尔银版法是没有底片的,照片在镀了银的铜板上直接呈现出来,而且只有一张,不能复制。

银版法拍照很费劲,成本也很高。

即便如此,达盖尔银版法因为表现真实,一问世便立刻被投入肖像的生产中,成了法国普通人拥趸的对象。当时只要是有钱人,就一定要拍一张,毕竟它的价格比原来的手工肖像画还是便宜了很多。

当然肖像画也没有因此被彻底击碎,包括现在。

实际上,肖像画还是有其独特价值的。因为画家在作品中一定有自己强烈的主观表达愿望,所以会加入适量的夸张,让对象人物的内在精神得到更好的展现,所以肖像画现在还是存在的,只是它太昂贵了。

早期的摄影术*感光性能非常差,曝光速度也远远不及今天。

当时要记录一张照片可能曝光时间要达到半个小时。这并不算长的,人类历史上的第一张照片曝光是用了整整一个白天。所以当时拍一张肖像是一件挺麻烦的事情。做一个头托,放在被拍摄人的后面,以固定脑袋,因为时间太长人头可能要晃动,会影响影像的质量。

与此同时,摄影术也冲击着风景画市场,以及由来已久的宗教文化市场。

现在我们欣赏一幅摄影作品:

*摄影术诞生之初强调“高雅摄影艺术”须由具有摄影技术和美术修养背景的人来完成。不过,现在看来这已经过时了,多数行业摄影师所考虑的不是诗意和理想,也不是富有人文色彩的纪实,而仅仅是操纵摄影实现再现和记录的功能,不过在技术的追求上则是精益求精,力争拍摄出“完美”影像。

这是摄影早期的著名作品：奥斯卡·雷兰德《两种人生》。一边是光明健康的社会，一边是堕落的丑陋人生，是生命的两个方向。这一作品模仿的就是早期的宗教绘画作品。

摄影术与唯美艺术

应该指出的是，历史上任何艺术都不是想象中那样单纯、高雅、不食人间烟火，尤其现代以来，几乎所有的艺术都涉及市场的问题，也就是说，有交换才有生产，艺术家们还要赚钱。

摄影出现以后，受到市场生存冲击的传统艺术开始对其进行打压和封锁，说摄影师是一种非常低等的人，用的都是雕虫小技，卖江湖小药的人才做这种事情，画家的作品才是艺术。

其实，19 世纪末唯美艺术的出现不仅与错综复杂的社会进程有关，也和摄影术这个作为新事物的“雕虫小技”的出现密切相关。

因为摄影太真实了，它逼着绘画走向了唯美。

那时，摄影师不可能掌握现代造型手段，不会 PS，所以画家就利用这一点来攻击摄影术，并以此突出他们的职业能力，把画中的整个人呈现得更美好。

当然，形成唯美主义思潮的原因多种，摄影术不过是其中之一。

两种影响深远的摄影艺术观念

前面我们介绍了摄影术的出现从根本上颠覆和冲击了绘画艺术，但是从产业角度和地位上说却是另外一回事。

在摄影术出现后的 70 多年中，摄影师的地位是非常低下的。原因是传统绘画的江湖依然十分强大，使用摄影这个媒介的多数人恰恰是在原来那个江湖中没有地位的人，比如拿不到订单的三流画家们。

于是，摄影师们为了争取社会地位，采取的策略是尽量向传统绘画靠拢，寻找摄影的绘画效果。

在 19 世纪末至 20 世纪初的 10 年间，最为流行的摄影就是画意摄影 *。即

*一种摄影创作方法。作品讲究艺术性，犹如绘画一般精致。创作者往往先确定主题，然后雇用模特儿，像绘画一样创作，再把照片剪接拼贴而成。19 世纪中叶起源于英国，后传到欧美各国。英国的雷兰达、罗宾逊、卡梅伦为代表人物。20 世纪后开始衰落。

拍摄草图

完成品

无论从最后效果上还是从题材上,都是完全向那个时期的唯美主义绘画靠拢。

除了是利益的追求，另一个原因就是他们思维意识本来也是传统的绘画意识。他们在做摄影作品的时候经常采用绘画的模式,先画草图,然后按照草图去拍摄。比如上面两幅典型作品。

这种情况终于在20世纪前10年后发生了变化。就是说,摄影术虽然从1839年开始算起已经发展了60年,但它真正具有媒介主体的意识,在很长一段时间内是非常薄弱的。

1888年以后,柯达伊斯曼公司的产品才让很多人意识到摄影这个媒介具有更大的意义,而且应该打破传统思维的框定去评价新时期的工业化事物。

虽然人们尚未形成一个完整的概念,但已经开始懵懵懂懂地往前探索。

开始是一个美国人,叫阿尔弗雷德·施蒂格里兹*。他带着一群人去欧洲闯天下,因为那时欧洲是世界的文化中心。

结果到了欧洲以后发现,欧洲人很排斥美国人,认为美国人是土包子、暴发户。他们不能真正进入欧洲艺术界的圈子,被高贵的欧洲人排斥在外。这令他非常愤怒,就带领其他美国人回到自己的国家。

回到美国以后的施蒂格里兹领导了美国摄影的转向,真正提升了摄影的现代性,开始了和欧洲不一样的"玩法"。

他们开始拿着相机到街头直接

阿尔弗雷德·施蒂格里兹的摄影作品

* 阿尔弗雷德·施蒂格里兹,又译为阿尔弗雷德·斯蒂格里茨(Alfred Stieglitz),被尊称为"现代摄影之父",是一位身兼各派的全才摄影家。他早期曾是画意派摄影高手,后又成为纯粹主义摄影的倡导者和写实摄影的先驱者。作为摄影分离运动的先驱,他与一些艺术家积极向美国艺术界引进包括马蒂斯、毕加索在内的欧洲前卫艺术家,对美国现代艺术观念转变产生了重大影响,因此被誉为美国"现代艺术之父"。他有句著名的摄影箴言:"Wherever there is light, one can photograph."——"有光即可摄影。"

*罗伯特·卡帕，匈牙利裔美籍摄影记者，20 世纪最著名的战地摄影记者之一。他报道过五场 20 世纪时的主要战争：西班牙内战、中国抗日战争、二战欧洲战场、第一次中东战争以及第一次印支战争。1954 年 5 月 25 日，卡帕在越南采访第一次印支战争时，为了拍照误入雷区，踩中地雷而被炸身亡。

拍摄现实的生活，并且把生活拍得很真实，很有现场感。

在当时的人们还总是想从美学上解释一幅摄影作品的时候，在美国快速发展的商业社会里，美国人的诉求则更为直接。当时美国的传播业正在快速发展，印刷传媒需要的传媒摄影便迅速地发展起来。报业和正在兴起的画报业都在使用摄影照片。他们并不追求照片的艺术文化价值，而是希望尽量快速地向公众提供所需要的各种信息。这些都极大地影响了美国人的摄影观念。

摄影的信息功能属性在美国获得了充分的价值体现。

实际上，在这之前的 1865 年，在欧洲开始风行画意摄影的时候，美国纽约摄影师马修·布兰迪已经派遣自己的摄影团队上了南北战争的战场。

他们拍的照片返回到纽约、波士顿，做成图像印在报纸上。这些城市读者惊呼，“摄影将战争的太平间搬到了早餐的餐桌上。”因为人们每天可以在早餐时看到前几天布满死尸的战场。

在欧洲的画意摄影时代终结之后，随着照相机技术的进步，摄影的现代性特征才越来越显示出来。

在美国，摄影越来越传媒化，在欧洲，摄影开始走上街头，快照美学兴起。但不管怎么说，摄影最大的变化就是镜头中的内容和生活有了越来越紧密的关系。欧洲的两次战争，也让摄影成为这个世界的镜子，并且影响这个世界。

请看这张照片，它曾经严重影响了人类对正义与非正义战争的看法。这是一位叫罗伯特·卡帕*的匈牙利裔美籍摄影师于 1937 年在西班牙内战时拍的一张照片，名字叫《共和国士兵之死》。

《共和国士兵之死》(罗伯特·卡帕,摄于1937)

摄影记者罗伯特·卡帕,因其不畏险境地用自己手中的相机忠实地记录战争、记录历史,深刻地影响了社会,被人们誉为“战争摄影之神”。

这张照片让我们感受到了摄影师对这场战争的判断,对现场敏感的处理能力,以及对生命的惋惜之情。

这张照片很多年来都被看作是最经典的战场摄影。

但是这张照片当时发表后,就被许多人质疑,认为是不真实的。

卡帕生前一直对此事保持沉默,结果更加重了人们对这张照片的猜疑。

近年新发现的史料证明这张照片是不真实的,并不是在真正的战场上拍的,而是在一次演习中所拍。

2007年末,三只破旧的小匣子在墨西哥被发现。它们就是传说中的装有卡帕 4500 张的珍贵底片的“墨西哥手提箱”。

二战爆发初期，这批卡帕记录西班牙内战的底片遗失了。这三只手提箱被发现以后，迅速被纽约国际摄影中心收藏，专家们也立刻进行研究，希望从中找到那张珍贵的《共和国士兵之死》底片。结果发现没有，但是跟这张同一时间拍的其他胶卷都在。从中发现那个已经死亡的士兵一直都在那些底片中“活着”，而且还在继续奔跑，那么就证实了以往人们的猜测。

今年，日本 NHK 电视台公布了他们对这张照片的研究，用了摄影测量学、三维动画模拟等手段，再次令人信服地证明了“猜疑”。并且，还证明了那张“之死”照片也不是卡帕拍的，是他的女朋友格尔达用另外一部照相机拍的。

很多中国人都对一句著名的话有印象，就是“如果你拍得不够好，是因为你离炮火不够近”。这句话就是罗伯特·卡帕说的。

摄影师卡帕的故事

卡帕是令人崇拜的摄影师。

他一生从事战争摄影，是一个迎着子弹走的人，拍摄报道过西班牙内战、中国抗日战争中的台儿庄战役、盟军诺曼底登陆，最后他在 1954 年越南的奠边府战役中踩中地雷而身亡。

卡帕是一个传奇人物，是一个令人敬仰的人物。但他也是一个特别复杂的人，就好像今天我们谈任何的艺术家，其实都有他另外的一面。

我们还是借这张照片说说卡帕。

1936年，西班牙军阀佛朗哥在德意法西斯的支持下发动政变，引起西班牙的内战。这场战争，引起了全世界的关注，世界各国很多的知识分子和艺术家抛家舍业，以“国际旅”的名义去西班牙参加这场战争，支持代表进步的政府军。卡帕也是这些人中的一个。这些人中还有海明威、斯坦贝克、加缪、聂鲁达、奥威尔、毕加索等。

为什么这么多知识分子和艺术家参加这场战争？一直存在争论。其中一方观点认为那个时代世界上的知识分子都是左派。

这场战争的最后，希特勒直接派了他的军队去支持佛朗哥，结果就是把以人民阵线为首的左翼政府和国际旅等打得落花流水。

西班牙内战是第二次世界大战前世界民主进步力量同法西斯势力的一次大较量，但是以进步力量的失败而告终。

战争结束后，许多左翼知识分子开始四散，卡帕则与当时著名的荷兰电影导演伊文思于1937年来到中国，准备拍摄中国对日抗战的电影。

卡帕一行人来到中国，要拍中国的反法西斯战争，带着大量的胶卷来中国采访，而且主要是希望采访八路军和边区。

这让蒋介石非常紧张，他让夫人宋美龄推掉所有的工作，天天陪着伊文思一行人，甚至拿出最好的进口葡萄酒盛情款待，就是不想让他们去延安，踏入共产党控制的地区。

在伊文思一行人强烈要求下，蒋介石最后没办法了，就让他们到战后的台儿庄和武汉当地拍摄示威游行这些一般新闻。

最近这几年经考证才发现,我们以前看的关于在武汉的八路军办事处的许多照片,其实都是卡帕拍的。比如周恩来、董必武、博古和叶剑英开会时的场面。

另外,我们今天之所以能够看到共产党在延安的一些电影镜头和照片,追根溯源,也都要感谢伊文思一行人。

他们当时带了大量的世界各地的爱国华侨捐助的器材和胶卷来拍中国的抗战场景,但是后来在国民政府的阻挠下没拍成,他们只好放弃。之后他们就把这批器材和电影胶片留给了中国共产党。这些器材和胶片,就成了组建延安电影团的基础设备。

后来,中共还专门从上海邀请吴印咸等人到延安,就有吴印咸、徐肖冰等一批区别于晋察冀边区的延安红色摄影师。(今天我们看到一些毛泽东在窑洞前讲话的视频资料,实际上就是这么来的。)

卡帕与中国的故事就是这些。

关于他的后续故事还有很多。

后来他参加盟军诺曼底登陆战,那些士兵在水中挣扎冲锋的照片都是他拍的。

他拍了很多有价值的照片,但不幸的是,在冲洗的时候,由于工作人员太紧张,在烘干的时候把他大部分的照片全部烤焦了,只留下了我们现在看到的不多的几张照片。

三人谈

瞿小松：大部分艺术家、知识分子都反法西斯。因为法西斯代表独裁、暴政。大家都知道毕加索，他当时说过一句话："佛朗哥*一天不下台，我的作品就一天不回西班牙展出。"毕加索是西班牙人，作为一个有人类正义感、有清晰独立意识的艺术家，他说到做到。

鲍昆：对，瞿老师说得非常对。

今天还有一个逗趣的话题叫我们"50后"和"解放后"，然后有"60后""70后"，现在是"80后"和"90后"。

瞿小松：刚才提到吴印咸，可能很多同学还不熟悉。

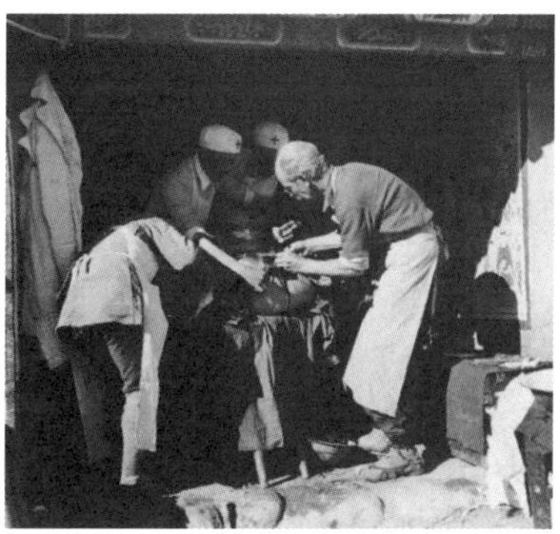

1939年10月24日，吴印咸拍摄的著名的照片《白求恩大夫》，图中白求恩在晋察冀边区涞源县临时手术室里为伤员做手术。

*佛朗哥(1892~1975)，西班牙内战期间，推翻民主共和国的民族主义军队领袖、西班牙国家元首、大元帅、西班牙首相、西班牙长枪党党魁。1936年发动西班牙内战，由于得到德、意法西斯的支持和英、法等国采取"不干涉"政策，以及军队武器装备和训练素质占优势，最终获得胜利。1939年内战结束后，成为终身国家元首。1975年逝世于马德里。其死后，胡安·卡洛斯登上王位，实行民主改革，西班牙结束独裁统治。佛朗哥自1939年开始到1975年统治西班牙长达三十多年。

西班牙独裁统治者弗朗西斯科·佛朗哥(1892~1975)

鲍昆:大家上小学时肯定看过一张图片《白求恩大夫》,就是白求恩在做手术时的照片,这张照片就是吴印咸拍的。

他曾经做过北京电影学院的副院长,一直到20世纪90年代初去世。

在20世纪30年代的上海滩,他参与拍摄的作品有《风云儿女》《马路天使》等等。那个时期，上海的电影跟好莱坞的不相上下,尤其是从今天的角度去看,水平都是特别棒的。

瞿小松:摄影术的出现,是不是直接导致了电影艺术的发生呢?

鲍昆:那当然。

瞿小松:刚才也讲到20世纪摄影术的发明,对现代技术的巨大影响。

摄影术的发明可以使人们更快地了解当下世界的细节，这是绘画办不到的事情。

鲍昆:瞿老师的话正好引出我下面的话题。

我们对摄影的理解一直有一个巨大的误区,总是把摄影当成一门艺术。

其实,把摄影视作记录表达媒介更能看到它更伟大的作用。

我们现在每天都在接触摄影，生活中它几乎无处不在，但我们总把它忽略，忘了它每天都在影响着我们。

比如说摄影对现代科学的贡献，可以说我们现在所有的科学成果几乎都离不开摄影，尤其是带有哲学意义的科学——天文学。

当伽利略开始用望远镜观测宇宙时，那一瞬间镜头内的影像，就是唯一的价值。但是如果我们离开了目镜，刚才看到的一切就只能变成观测者头脑中模糊的印象了。事后观测者再陈述时，只能通过语言或者绘画，那就根本谈不上精确，而天文学又是必须要求精确的一门科学。

摄影术的出现，为天文学插上了翅膀。所有一切的宇宙计量也全部是通过摄影来进行的。

现在的科学，离不开摄影，包括对我们自身身体的认识，也是依托于摄影。

探寻人在运动中肢体的运作规律，原来只能是找记忆力好的画家，根据他的印象去描绘，但肯定是不准确的。

达·芬奇有着丰富的解剖学知识，他用身体的结构去反推人的动作，而摄影术的出现令这些问题迎刃而解。

当时有一个著名的案例，就是争论马在奔跑的时候蹄子有没有腾空的瞬间，这个问题论证了多年，很多画家瞪着眼睛观察，但还是捕捉不到，因为它的速度太快了，已经超出了人的肉眼反应能力。但是摄影术却把这个问题轻松解决了。

谢嘉幸：摄影术传播到中国后的发展情况如何？

鲍昆：摄影术在传到中国的时候遇到一个巨大的问题，因为整个中国社会的物质水平和生活条件都是非常差的，我们不具备美国那种高度的商业文明，所以摄影术传到中国的时候很多摄影师拍的照片没有地方用，加上当时中国巨大的贫富差距，所以当时主要是皇族权贵接触并涉足摄影。除了权贵之外，刘半农等五四时期的知识分子也接触了摄影。

他们一方面接受西方的先进的科学知识；一方面满脑子都是清朝的绘画意识，结果摄影术传到中国就被定格为艺术，一拍照就是小桥流水、湖光山色，而这后来严重影响了国人对摄影的认识。至今其余毒未消。

比如现在的欧美人，他们拿着相机会去野外拍星座，或者到森林里去寻找各种植物和动物，而中国人一拿到相机，首先想到的就是一片灿烂的晚霞、一株美丽的花卉，心里头就是一幅风景画。

我们当中的许多人不会视摄影为一个记忆和表达的媒介，而把它充当自己审美表达的手段。

实际上，这种观念阻碍了我们利用它去从事更有意义的事情。

瞿小松：我想起一件学生时代的趣事。

我们去广西采风，有一个同学，列了一个单子。到一处，咔嚓，快门一按，也不赏景，单子上那个地名立马被划掉，这地方就算到过了。游漓江，下阳朔，船上一通咔嚓，结果忘了装胶卷。

鲍昆：的确，我们有很多照片的意义就相当于“到此一游”的印迹。

摄影媒介其实有一个更为重要的作用，就是我们现在提倡的一种方向——把它作为社会思想伦理的一种折射。

我们有一个物质的社会，我们还有一个精神的世界，就是我们的快乐、忧伤。

那么我们是不是能够让我们的艺术和现实产生一种互动的关系，让这个社会的运行和个人的发展能够更平和，这其实是我们当下艺术界特别需要思考的问题。

我们的艺术这些年太抽象化了，走进了象牙塔，出不来了。

反过来大家想想，人类为什么要发明艺术这种媒介方式呢?

显然它最终的目的是要服务于我们的生活、促进人类文明的进步。

从摄影角度讲，作为伦理的摄影是在美国产生的。

雅各布·里斯*，一名美国的社会改革家，揭发社会阴暗现象的新闻工作者和社会纪实摄影家。

他本来是一个丹麦移民，一个小报记者。

1888 年，他看到自己的同胞在纽约的日子太悲惨了，于是他就拍摄了他们的纽约生活。

之后他把所拍的照片编成了一本书，结果一下子在美国的纽约引起了巨大的社会震动。

很多美国人看到后，纷纷对政府表达不满。于是一些政客在议会里说，怎么会有这么多如此悲惨的人生活在我们身边，而我们一无所知?

其实他们天天看得见，只是视而不见。

*雅各布·里斯 (Jacob August Riis, 1849~1914)，最早运用摄影来展示现实改造运动的纪实摄影家， 1890 年出版的《另一半怎么生活》如实描绘了贫民窟，震撼了美国人的良知。

照片和书发行了,大家开始注意了。

这是媒体传播社会的特点和规律,也是视觉传播学上一个非常有趣的现象,即摄影照片经常会把很多你视而不见的东西变成照片,严肃地放在你眼前,让你必须正视。

雅各布·里斯的这个案例是非常典型的。

因为它促使政府通过了一些改善社会底层人民生活的法令。所以雅各布·里斯的摄影就成为人类历史上第一个用照片提出问题,并且解决问题的经典案例。

至此,摄影在20世纪的社会发展上起到了非常大的作用。

黄功于1972年拍摄的举世闻名的新闻照片《战火中的女孩》,照片中一名越南女孩在遭到美军投下的凝固汽油弹袭击后背部燃烧、赤身裸体奔逃,成为人们对越战最为深刻的印象。

还有一张照片,一个裸体的小姑娘朝着镜头跑来,两只手像燕子一样,旁边一个小男孩也光着屁股,哇哇大哭,背景是滚滚浓烟。这是美国的凝固汽油弹造成的恶果。

这张照片对当时越南战争的结束起了巨大的作用。

原来以为是保护美国价值观的正义之战的美国公众受不了了,说原来战争这么残酷。再加上当时很多美国青年不愿意上战场送死,于是,国内反战的呼声如浪潮叠涌,美国不得不将国防军撤出越南。

照片经常对社会的改革起到催化剂的作用,尤其是在许多人类世界共同面对的问题上。

比如说环境问题。环境问题在西方有长达60多年争论的历史。美国在20世纪30年代就开始有环境保护意识。

二战以后的20世纪60至70年代,经济高速发展,世界上很多工业地区都是非常恐怖的。

1971年,有一个叫尤金·史密斯*的美国摄影师跑到日本的一个水质重度污染的村

《通向天堂之路》(*A Walk to Paradise Garden*),这是尤金·史密斯最著名的照片之一。拍摄的是他的两个年幼孩子穿过幽暗的林间小路,走向阳光普照的地方,象征着人类走出黑暗、走向光明、迎来希望。

*尤金·史密斯(1918~1978)被认为是当代新闻摄影的大师,创作了战争史上最让人震动的照片。他的照片中对社会不公平现象的写照也深深影响着美国民众。为了表彰他的人性信念,纽约国际摄影中心设立了"尤金·史密斯"奖,这是世界最为著名纪实摄影奖项之一。

庄，去拍摄公害造成的畸形儿。

其中，报道了一家大化工厂排放毒物，污染当地水源。

因为这事他被当地的恶霸攻击、殴打，但他依然咬牙坚持了下来，并将照片公布全球。照片公布后，社会反响很大，致使日本政府很快立法，关停了污染企业。

尤金·史密斯的摄影给全球的工业化国家敲了一次警钟。

现在全世界的摄影奖项中有一项最重要的奖项，就是“尤金·史密斯”奖。

像这样的照片就是严格的社会纪实性摄影，使人类的良知或良心得以确立。

这是非常重要的。

我们中国也有这样的案例，比如20世纪80年代“希望工程”的产生也是因为摄影。

摄影对社会提出问题，而后又解决了问题。这就是摄影最大的特点，如果没有这个特点，就不能叫社会纪实摄影。社会纪实摄影有严格的概念和内涵。

在20世纪的历史上，摄影有时也是权力集团使用的政治斗争武器，比如德国、苏联，还有我们中国。在某个时期，所有的文学艺术都在相当程度上充当了政治斗争的工具。

比如莱尼·里芬斯塔尔(Leni Riefenstahl)，电影导演、摄影师，是纳粹德国时期特别著名的一个人。

我们知道纳粹之所以成为一个强大的粗暴的权力集团，产生的原因是很多的，有希特勒本人的魅力和口才，有当时的魏玛共和国的无能，有德国人在一战失败的屈辱和因失败而要重新站起来的愿望，然后还有希特勒这个政治班底的极有能力的政治鼓动宣传。

纳粹的宣传机器是当时世界上最有效力的，他们注重视觉宣传，知道视觉的魔力。

纳粹开会的会场，都是精心布置的，色彩、空间比例，都是极有创意的谋划。这些都会制造向心力，激荡狂热，产生力量。

电影，就是纳粹非常重视的手段，而里芬斯塔尔就是纳粹手中最好使的一张牌。

希特勒对这个女人给予了最大的自由度，要多少钱都给，什么条件都答应。而里芬斯塔尔则以几部美轮美奂的作品为纳粹帝国的兴起做出了惊人的贡献。

1937年，奥林匹克运动会在柏林举办，但由于西班牙问题许多国家抵制纳粹，一些国家的运动员都不去。

纳粹德国仍然强行举办，希特勒让莱尼·里芬斯塔尔拍了一部奥运会的纪实电影。

这个电影今天看起来，在美学方面是无与伦比的。莱尼·里芬斯塔尔运用电影摄影的视觉语言去制造一种超然的力量，让人产生近乎宗教迷狂的崇拜，这个电影就叫《奥林匹亚》(*Olympia*)。在另一部名为《意志的胜利》(*Triumph des Willens*)的电影中，几乎将希特勒拍成了上帝。

这个女人一直到2003年去世,没有受到清算,但终生受到谴责。她也从未忏悔过,反而永远在推脱罪责,说自己只是个艺术家,不问政治。但那些年轻的德国士兵就是因为看了这部电影,才走上了不归的战场。

中国也有相似的情况。

我们这一代人从小被一套革命化的视觉符号体系所规定或限定。在1978年改革开放前,我们是没有自信的。

我们希望改变100多年的积弱贫穷的状态,建立强大的民族国家,让中国能够自立于世界民族之林。

政府要构建民族国家,就要树立民族自信心,所以那时出现了许多虚假空洞的照片。这样的照片完全是为了政治宣传。

现代主义文化是法国人贡献的,我们刚才说的摄影术,法国人功不可没。

实际上还有法国人输出的现代主义社会制度,这一系列都是法国人创造的。比如我推荐我的学生去读巴尔扎克的小说《人间喜剧》,读了这之后就明白今天这个世界是怎么回事了。

法国进入20世纪以后一直是世界文化的中心。去研究法国的商业制度、法国现在的宫廷和贵族,都能很清楚地看到今日世界文化的轨迹。在一战之前短暂的一段时间里,由巴黎与奥地利并驾齐驱地扮演着世界文化的中心,所以那一时期很多重要的思想和作品在这里产生,比如奥地利著名作家茨威格的许多著名作品都是在奥地利维也纳完成的。

我们现在的艺术市场也主要出现在巴黎。

毕加索当时就在那里。

今天的毕加索被塑造成一个单纯的伟大艺术家，其实他是和画商一起共谋挣钱的“艺术家”。他的艺术和事迹是被人操作的。现在许多新的史料和研究著述把当时大量的事实揭露了出来，所以我们应该对毕加索重新认识。

实际上现代主义以后的艺术，尤其是所谓当代艺术，其实主要是由商业推动的，对此我们必须要有清醒的认识。像萨尔瓦多·达利(Salvador Dali)也是一个高度商业化的人。但是这些行为符合市场需求。毕加索和达利他们都有相同的一面，即擅于制造噱头。

中国的有些画家也有类似特点，比如张大千。他是一个很会表演的人，知道在什么时候做一件什么事情，知道做什么事能增加多少名声。

艺术一旦进入市场被产业化，很多就不纯洁了。

谢嘉幸：我补充一点。

为什么要存在艺术家，就是要有创新的人，不符合社会规范的人。因为循规蹈矩，是不可能有创新的。所以，艺术家很敏感，他们也不会按照我们普通人的做法和想法去做他们的事情。而恰恰缘于此，他们才有了独特的思想，创作出独特的艺术。

瞿小松：刚才谢老师讲的就是艺术要有个性。

为什么有这样的说法呢？因为有一个“不允许”存在。

在巴黎，没有不允许，所以也不会有“允许”。其实“允许”这样一个概念，一定在很强大的“不允许”的压力下才会产生。

“允许”“不允许”，霸道！

不是说谢老师霸道，而是说这个话语权霸道。

鲍昆：纳粹是非常压制艺术家的，除非你为他服务，否则他们不给艺术家机会。巴黎就是当时最自由的。

瞿小松：人类文明史，有些微妙的相近。

古希腊文化最繁荣的时代，中国也处于春秋战国百家争鸣的文化繁荣时期。

后来到了中世纪，英文叫“黑暗年代”*，也就是另外一个文明的力量占据了主导地位，那就是神权。整个时代对思想自由和科学实证，都有非常严重的打压，由此，造成了代表人类理性的希腊精神的暂时中断。

所以后来才会有文艺复兴。

文艺复兴想要复兴的，是古希腊的理性精神。

中国文化的根基，是儒释道。

在儒家确立之前，老子创立的道家非常高明。老子有大智慧。

儒学从汉代开始就取得了统治性地位。

有趣的是，同在汉代，佛学从印度进入中国，也逐渐成为中国文化的一个重要组成部分。

13 世纪，印度佛教被伊斯兰教排挤，以致消亡，但是在中国却是一直发扬光大。

唐代是一个非常了不起的时代，据说当年唐代的首都长安，除了儒释道

*黑暗时代这个术语最初是指从罗马帝国的灭亡到文艺复兴的开始这段时期。在过去，人们认为这段时期是文化衰落时期，原因归咎于基督教。现在这个说法在学术界已不常用了，取而代之的是“中世纪前期”。

信众之外,还有基督徒和伊斯兰教徒。各国进贡礼品,朝廷对“外籍”居民发放俸禄,非常开明。

中国文化的精神根基,由于近代历史原因,历经磨难。但它非常强大,历经磨难仍生生不息。

如果说中国也来一个“文艺复兴”,我觉得,需要复兴的是春秋战国时期百家争鸣的文化生态与大唐宽广包容的心胸。

鲍昆:刚刚提到中国最辉煌的时期是春秋战国时期,文化繁荣。春秋战国时期是社会生产大变革的时代,是新石器、青铜器和铁器三个时代共同交叉的时候,也正是我们农耕文明开始彻底成形的时期。

这一时期面临很多问题,社会制度、发展道路到底怎么走,对此产生了巨大的争论。有的要人治,有的要法治,有的要重商,有的要重农,无论如何都是随着历史时代应运而生的。

魏晋南北朝时期社会大动乱,北方的蛮族像潮水一样地涌来,形成了我国一段农耕文明和游牧文明融合与冲突并存的历史。这期间也有很多伟大的艺术出现,像北魏时期的佛教雕刻艺术等。

瞿小松:我个人觉得单单以生产力发展程度来看文化,有一个危险,就是它会掩盖文化里头的许多细节。

比如说大家可能认为老子是道教的开始。其实老子是古老传统的接收者。像对世界的看法,比如人性的修炼、人跟自然和谐相处、人体跟宇宙能量的相应,这些智慧与实修的方法,早在老子之前就有了。

世界在变化,生产力在发展,但老子传承的大智慧与修行方法,却一直在延续,一直有人在修炼。很多方法事实上行之有效,只是当代自然科学还没有能力做出令人信服的解释。

用生产力发展程度测量文化发展水平,只是一种方法而已,并且危险极大。

谢嘉幸:两位老师讲得真是非常好,但后面实际上是有些不一致啦。还用老子那句话,一生二,二生三,三生万物。一样的是同而不和,而不是和而不同。而且后面的对话似乎已经离开了我们今天的主题,不过反过来想,摄影不仅是文化的一种表达方式,也是文化的一种重要形态,如果摄影不能抵达文化层面,那它又怎么会成为八大艺术中的一个独立门类呢?所以,虽言有不同,但义理相通,可为镜鉴,用以参照。

好,今天的对话就到这里,谢谢大家!(掌声)

编后微评:

本次讲座最为灼痛人心的是,一个职业的摄影师说,摄影术传到中国就被定格为艺术,而忽视了其作为记忆、作为态度表达的媒介的作用。这种观念阻碍了我们去利用它从事更有意义的事情。

编剧篇

编剧有两个意思，一是编写电视剧、电影剧本；二是指编写电视剧、电影剧本剧的人。

本篇是编写电视剧、电影剧本的人讲编剧以及电影艺术，即包括了技术与艺术两个部分。

影视编剧之要，概括地讲，不仅仅只用传统的文学的或戏剧的方法从事影视剧本创作，更重要的是用电影思维的方法，对生活进行银幕或荧屏形象的塑造和概括，为影片的摄制提供坚实的基础。

张健钟：电影镜头的美学特性

张健钟，出生于1940年，上海人。中国国家话剧院一级编剧，著名剧作家、导演，中国戏剧文学学会副会长，编导主讲教授。毕业于上海戏剧学院戏剧文学系，曾编剧《生为男人》《一代风流》《归帆》《草原儿女》等话剧；曾担任《风雪夜归人》等粤剧的文学顾问、晋剧《大禹治水》导演、音乐剧《新月》编导、电视电影《汪老师的婚事》《娲皇宫的晨钟》等编导。多年来从事戏剧电影理论研究与高校编导教学活动，在全国各大专业刊物上发表文章近百篇。

讲座导读：

如果我们把看电影不仅仅当作是娱乐，而是回归本位，把它当作人类的八大艺术中最具有时代属性、科技含量和传播效力的视听艺术来看，那电影品鉴关键就在于拉片子。所谓拉片子就是一帧一帧、一个镜头一个镜头地来看，可是要从中看出门道、看出美来不是一件谁都能做到的事。

今天我们“三人谈”邀请到的就是中国国家一级编剧张健钟老师，他将带着我们度过一段美的旅程。他的讲座内容是“拉片子”——谈电影镜头的美学特性。

有请张老师，同时有请对话专家瞿小松教授和谢嘉幸教授。

今天有幸来到中国音乐学院，感到非常激动、非常幸福。为什么呢？

我早年的人生第一理想，便是梦想当一名作曲家。作曲家太神圣了，太伟大了，他能用七个音符，写出无穷无尽动听的音乐来，其奥妙究竟在哪里呢？

我一直在想这个问题，也询问了许多朋友。后来，“文革”期间，我将自己关在小房间里，拉上窗帘，不去管街上大喇叭的批斗声，独自在留声机里放着黑胶老唱片《卡门》，得出了自己的结论：七个音符只是记录人类感情的一种艺术符号，各个时代、各个地域人类的感情无穷无尽，所以，七个音符创造的音乐也是无穷无尽的。音乐的力量传遍全世界，音乐的魅力是永恒的。我把音乐看作是全世界通用的第一传播艺术。我感悟到，认识音乐从音符开始，从主导动机和乐句开始。我是上海人，家里条件不好，买不起钢琴，我就给自己画了个键盘，默记，自己抓住了一个乐句，想把它发展成一支歌曲，最后总是跑到了人家已经创作成的名歌上去了。弄了半天,异想天开,没有音乐天赋,根本不可能。因此,我对作曲家、音乐人、音乐学院的师生有一种崇拜、敬重的感情。奥运会上音乐一响,马上,世界上不同的语言都能沟通。音乐,绝对是上帝的宠儿。

现在,我们言归正传,来说说电影。

电影可以称之为艺术中的艺术, 因为它从戏剧那儿吸收了戏剧成分,与音乐结成亲密伙伴,又吸收了美术的元素,于是便成为当今最具影响力的艺术形式之一。

对我们而言,好电影的意义不仅在于它给我们美,给我们崇高,给我们快乐,更在于它能够给我们生命的感悟、人生的价值,以及对世界意义的理解。

当然,这只是笼统的说法。具体来说,一部好电影应该由三个成分组成。

好电影的三个成分

第一个成分是影片的票房。

在我看来,票房不仅意味着商业效果、票子收益,也意味着传播规模和影响力。

好莱坞大片《阿凡达》北美票房 7.6 亿美元,海外票房 20 多亿美元,突显了它在本土和海外的影响力。我们国产电影《泰囧》,在国内票房 12 亿人民币,北美票房不过几百万美元,说明它在国内具有极大的影响力,在海外缺乏影响力。韩寒和郭敬明的电影都进入了 4 亿票房俱乐部,说明这两位新锐导演的片子目前在国内具有较强的影响力。

第二个成分是影片的艺术呈现。

好的电影必须是个艺术品,要在造型、音响、表演和蒙太奇*等几方面体现出它的艺术品质和艺术审美价值,这是从电影本体论*的层面来说的。

第三个成分是影片传达的意蕴。

一部好的电影一定会渗透、折射出一个时代的精神精髓,最终表达出对人生和生命感悟的深度和高度*。这第三个成分必然是与第二个成分紧密联系在一起的。

法国电影理论家克里斯蒂安·麦茨(Christian Matz)1931~1993。

以上这三个成分的组合,构成了我对电影作品的价值观标准。

*大约是在 1900 年,法国著名摄影师乔治·梅里爱在拍摄一个街道场景时,摄影机突然发生故障,转片齿轮卡住不动了,他经过检修,摄影机很快就修好了,于是他又继续在相同的机位拍摄下去。意想不到的事情就这样发生了,收机后,当梅里爱将冲洗好的胶片当众放映时,却出现了令人惊讶的情景:一辆行走着的马车,突然变成了一辆灵柩车。梅里爱目瞪口呆,遂撤下胶片,逐格仔细研究,终于发现,原来就在他重新开机拍摄的时候,摄影机前的马车早就消失了,而后面驶来的灵柩车恰好驶到摄影机出故障时马车所处的位置,所以梅里爱重新拍摄的已经不是马车,而是那辆突然出现的灵柩车了。

乔治·梅里爱的这一偶然发现,实际上是现今电影特技中被称为"停机再拍"的最简单的技巧,剪接效果也叫"蒙太奇"。

*对电影本体论学界还有不同理解。

一说电影作品有四个结构层面:视听知觉层面、故事层面、思想层面和审美特征层面。其中,视听知觉层面是本体论层面。

二说,一切艺术都是以人的参与为基础的,唯独在摄影中,我们有了

认识电影镜头

下面，我要谈到的是电影的镜头。

从多年来的实践研究中我深深体会到，认识电影应从认识镜头开始。

我的一个很好的合作伙伴应旗导演，是陈凯歌在北京电影学院的同班同学，他是八一电影制片厂的导演，导演过《刺杀汪精卫》等很多影片。

他的一段话让我永远难忘。

他说："要懂得电影，就必须拍摄、剪辑过大量的镜头，一个真正的电影人要成功，一定要用过数万个电影镜头，一辈子甚至经手拍摄、剪辑过几十万的电影镜头，才能成为大导演和电影大师。"

应旗，中国第五代导演，代表作：电影《刺杀汪精卫》《天火》《最后一个镜头》等，电视连续剧《黑土地》等，曾获"五个一工程奖""飞天奖"。

我今天携带了五个电影片段，一会儿我们会逐一分析。

第一个是张艺谋的三分钟电影，叫《看电影》。这是戛纳电影节请世界三十位著名导演，各以此为题，拍一个短片。

第二个是墨西哥电影学院的学生拍的电影

不让人介入的特权。因此，电影再现事物原貌的独特本性是电影美学的基础，亦即影像为电影的本体。

三说，电影本体就是自似动现象(apparent movement)，即人们把客观上静止的物体看成是运动的，或者把客观上不连续的位移看成是连续运动的现象。

演讲者这里所说的电影本体论，应是另外一种理解，即把电影作为艺术的本体形式之一。

*这一说法与电影符号学的宗师麦茨的观点类似。麦茨以电影作品是否具有含蓄意指为依据来判定电影作品的艺术性。

叫《旅行》,也只有三分钟,这里镜头充满象征、意象,与中国的电影系学生单纯编故事不同,这里更接近电影本性。

第三个是《唐山大地震》的片段。导演冯小刚,它的成本只有 1 亿,票房超过 6 亿。我们来谈谈女儿方登(张静初饰)重见养父王德清(陈道明饰)的场面。

第四个是大家非常熟悉的《西西里的美丽传说》,原名《玛莲娜》,意大利导演朱塞佩·托纳多雷闻名世界的影片。我们来分析玛莲娜被小镇妇女毒打的高潮场面。

第五个是日本岩井俊二导演的电影《情书》,我们借此来探讨一些核心镜头的美学含义。

如果再有时间,我们还可以来讨论一下《白日焰火》,看看柏林电影节评委会是怎么把它评为金熊奖的。如果还有时间,我们就讨论一下《归来》的镜头运用。

我们今天谈电影或对电影的分析是从镜头的角度来说的。

当然,一个前提是我们先要明白什么是电影。

我有一本笔记,全是关于电影各方面的定义,现在也不必照本宣科。“电影”这个词,在英语里有几种说法,如:film,指影片、胶片;cinema,更多指电影院、电影艺术;movie,特指观赏娱乐的电影,在电影理论中运用得多;有时还用 picture,指的是图像、画面,也指电影。

那么什么是电影镜头呢?

电影的镜头是电影最小的单位，通过电影镜头的运用我们可以看到整个影片的美学价值和电影追求。

镜头上面应该是什么呢？从电影的结构方面来讲，镜头上面应该是场面，若干镜头组成一个场面。若干的场面构成什么呢？段落。若干个段落构成一部电影。镜头很奇妙，比方说《蛇眼》这部电影，开头就是一个长镜头，20 分钟，镜头不打断，一开始就是紧张的动作，拳击比赛场面，并在观众席上缉拿目标。这样一个镜头就交代了氛围和环境。

镜头的定义，通俗的说法就是，预备，开始，停，剪辑从下剪到剪接完整，这叫一个镜头，这是一个通俗的讲法 *。

我和电影学院的几位系主任，也讨论镜头美学这个问题，他们也给了我多方面的佐证。

我今天谈镜头艺术，是有实践意义的。比方说，我跟同学们讲，你必须要有镜头捕捉的能力，一个镜头怎么拍摄，怎么剪辑，你大概要用多少镜头。当然，我们现在还常常是多机拍，几个机位同时拍，最后来剪。

我最爱做的事情是搜集镜头完整台本。今天，我带了一部完整台本，这部电影叫《鸦片战争》，花两块钱在我家对面潘家园旧货市场淘来的。

《鸦片战争》
导演：谢晋
编剧：许鞍华
演员：鲍国安
林连昆
葛香亭
邵昕 等
上映日期：1997 年

*电影镜头，就是摄影机不停地连续活动，一次拍摄的电影片断。

镜头是由画面组成，有时一个镜头就是一个画面，有时许多画面才能构成一个镜头。

镜头因摄影机与被摄对象之间的距离不同，会出现不同景别的镜头，如特写(人物肩部以上头像和物体的细部)、近景(人物胸部以上和物体局部)、中景(人物膝盖以上和场面的局部)、全景(人物全身和场景全貌)、远景(广阔场面的电影画面)。

根据摄影机是否运动，又会出现固定镜头和运动镜头，运动镜头因摄影机运动的方式不同，又可分为推镜头(视点向前行进、由远到近、由大到小、由分散到集中)、拉镜头(视点由近及远)、摇镜头(摄影机位置不变，借助三脚架上的活动底盘做原地转动而拍摄的镜头)、跟镜头(摄影机跟随行进中的人和物拍摄)、移镜头(摄影机做水平方向移动，表现空阔的空间)。

镜头随描写方法的不同，还可分为主观镜头 (代表电影人物的眼睛去观察事物的镜头)和客观镜头(从导演的构思角度去叙述和表现的镜头)。

一部影片便是由不同长度、不同景别、不同性能的镜头构成的。一部长度为一万尺的故事片,有五六万个镜头,如《大河奔流》上下集,共 1265 个镜头。

请看这本叫彩色宽银幕数码立体声故事片《鸦片战争》的完成台本,导演是谢晋。因为电影拍完以后,你必须把电影的完成台本交给电影局,交给厂里面。这是个分镜头的完成记录本,记录着每一个镜头号,摄法,镜别,内容,音乐的起止,效果和镜头长度,以及分多少场,多少本。这个台本其实跟电影的成品完全一样,所以我研究电影是从镜头出发的。像《鸦片战争》按照胶片来讲,就是 15 盘,一盘是 10 分钟,场景是 167 场,镜头是 1349 个。从头到尾这是分镜头本。

还有一种剧本是导演在拍摄前的分镜头剧本,也很有研究价值。现在有好些导演已经是现场在脑子里分镜头了, 他非常熟悉镜头的现场运用了,经常会有神来之笔。

我们多读分镜头剧本,会收到很好的学习效果。好比搞音乐的多看总谱一样。

瞿小松:咱们学音乐的同学,对于电影音乐创作过程可能不太了解。这里做一点普及工作。

我的经验,导演首先给我剧本,这个剧本是文学剧本。读完剧本,对这部影片的故事与风格就有了初步的印象。然后细化,一段一段地细化,导演弄出来一个分镜头剧本。这个时候我和导演共同初定音乐段落。之后开拍,导演说戏,演员演戏。通常会拍不少的素材。拍完之后,开始后期制作。

后期制作干吗呢?

导演和剪接师剪接拍好的素材。

意大利演员、模特莫妮卡·贝鲁奇饰演“玛莲娜”

这是非常关键的一步，牵涉整部电影的节奏与风格。然后，音响师配对白、配环境声，作曲家写音乐。音响师与作曲家的工作也直接影响影片的风格，尤其是音乐。

最后合成。

张健钟：对对，这是来自内部的领会。

我们还是接着说镜头。

我常常把某个电影的段落或场面的所有镜头记录下来，这叫“拉片”，从镜头学习电影，这是个基本功。过去拿卡式录像机，录音一段一段录记，很辛苦。现在好办了，用电子软件。

这个是我学生的作业，30个学生每人要交一份玛莲娜*在广场被妇女毒打这个场景的分析，等下这段要放。

*玛莲娜，《西西里的美丽传说》女主角，曾像个女神一般，征服了这个海滨的天堂乐园——西西里岛上宁静的阳光小镇。她有着令男人心醉、女人羡妒的美丽，也有着对丈夫黎诺深深的爱。二战的爆发打碎了小镇的平静生活。官方宣布她丈夫阵亡，她变成了寡妇。乱世中，美丽而无助的玛莲娜丧失了生活来源，成了驻军的玩物——妓女。女人们在大庭广众下极尽手段围殴羞辱玛莲娜，最终她被迫离开了西西里。后来，西西里解放了，丈夫黎诺竟活着回来。黎诺和玛莲娜一起又回到了曾经深深伤害他们的西西里，小镇的女人们竟向她问候“早安”，只是，此时，她已不再年轻漂亮了……

大家想想,如果是你,你该怎么拍?

187个镜头,有的短镜头,半秒钟都不到,像音乐的急板;有的长镜头,女主角被妇女们殴打,在地上爬回来,好像是音乐的慢板。这个镜头怎么出来,我们要全部在脑子里。导演是一次完成的,因为女主角被打得皮开肉绽,再来一条就不行了。所以那个女演员莫妮卡很厉害,摄影也很厉害,来不得重拍。毒打这场过后,玛莲娜惨叫着站起来,夹杂在逃离的人群中,向火车站跑去,她裹着黑头巾从车窗里惨淡地回望着,音乐响起,是影片的主旋律。这是一场"逃离戏"。

插入:音乐与电影

认识电影从电影镜头开始。我们同学可以拍微电影,把音乐的细胞渗透到镜头里面,不得了。音乐和影像,一个是世界第一,一个是世界第二。两个最强大的艺术传播力量融合在一起真的是不得了。

谢嘉幸:张老师讲的这些,对我们来讲很受用,因为现在我们已开始进入一个微电影时代。我们所有搞音乐的人,他应该了解电影艺术,因为未来,我们的专业可能许多时候需要通过电影的形式来表达。我有一个学生,现在已经博士毕业了,他去了意大利,就搞了一个音乐微电影,非常好。

张健钟：音乐是超时空的，把音乐的东西钻到影像中去，你说世界上最强大的两个艺术品种结合起来，艺术的魅力会有多强烈。中国电影要走向世界，你去学炫技巧，去跟他好莱坞争炫技，这不是根本道路。

李安对中国大陆电影评价有四个字，第一个是“抢钱”，现在电影投资者很多，制片人都知道了，电影如果能成功，不少利润，但是真正好的电影没多少。第二个就是“复制”，跟着搞翻版。

北京大学电影中心主任戴锦华讲的中国电影现状病，也是四个字：炫技、跟风。这是要不得的。因为这说明，我们都没有掌握电影最最核心的东西。

镜头的语言系统

接下来，我们讲一讲电影的镜头语言系统。

刚才瞿老师也讲了，我快速地一想，它应该是由十个方面组成：一是景别；二是构图；三是角度；四是色彩；五是光线；六是镜头运动；七是轴线；八是场面调度；九是声音，声音就包括音乐、音响；十是蒙太奇和剪辑。

这些电影镜头语言是你要掌握的事。

这十方面我不分开谈，因为那样就变成电影课了。

我们还是来说电影镜头。

电影最核心的概念,就是镜头运动,这是电影的本质。

运动性,运动的画面,是电影本性的蒙太奇要求,也是电影艺术最大的优越性。

蒙太奇的本质是一种画面和音响的电影时空的结构方法。

我来说说对我印象最深刻的两句话。

一句话是美国电影理论家斯坦利·梭罗门在著作《电影的观念》中的名言:“如果一部电影要发挥电影的特长,它就必须经常造成它正在描绘运动的感觉。”

还有一句话,是我国大导演谢晋说的:“导演是用镜头写作的作家。”

所以我说,镜头运动(画面运动)是电影的核心,是电影的密码,是走向世界和电影本体论上的话题。

电影镜头的三种美学意义

下面,我们再来谈谈电影镜头的三种美学意义。

第一是再现的造型形态,就是它的记录功能。

第二是表现的造型形态,表现是绘画风格,经过美术处理过。

第三个是表意的造型形态,表意形态把前面两个形态结合起来。

中国传统美学认为,美是向人们呈现一个完整的、有意蕴的感性世界,就是通常说的情景交融的意象世界。意象的意义是把再现和表现结合起来,生成一个有心灵映射、有情感意蕴的感性世界,作为新的审美对象。

电影镜头运动,如果沿着这个美学自觉的轨迹前行,中国电影必将大大焕新自己的面貌。

我认为,电影概括起来,大概十个字就可以。

因为我们通过影像来传达,通过声音来传达,通过影像跟声音的结合来传达人生感悟,要真正打动人。

第一个是归来,出生重逢也属于归来;第二个是离别,生离死别;第三个是热爱;第四个是寻找;第五个是捍卫。

我归纳所有影片的内容都不会离开这十个字。

问题是我们把这十个字用好了没有。超过这十个字的电影,恐怕没有了。比如争夺,也可以包含在捍卫之内。

我认为电影的渗透力、穿透力、魅力就在这十个字,但这十个字只是内容,这十个字展现得越高、越强,它的电影价值肯定越高。

在这十个字中,捍卫和热爱爆发出人性深处的力度,体现了一定社会历史环境,再用电影化的有魅力的镜头语言表达出来,如果再不成功,就肯定是有特别的问题了。

比如有些宣传片,表现劳动模范助人为乐,却缺乏生动的故事,这个感动不了人。要真正地打动人的内心,就要把真正有力量的表现出来。

所以,这十个字不能抽象地表达,要寻找最佳的镜头、音乐、话语的组合,这才是你功力的体现。

插入:两种类型的纪录片

瞿小松:张老师的话让我想到了电影体裁里面的一种类型,叫纪录片*。

纪录片的拍摄有两种形式。

一种是拍摄者不干涉被摄对象。曾经有一个业余的女电影人,拍了一步纪录片叫《老人》。她拍了几年,安静,从容,不干涉任何人、任何事。她把摄像机放在那里,老人们聚到街头聊天,又散去,日复一日。不经意间,你发现渐渐地,镜头里少了一位,少了二位。有老人走了。你在这个片子里会体会到生活本身的节奏,也会体会生命本有的结构、生死固有的循环。在西方,有些拍动物纪录片的人,他们非常了解动物的习性。他们跟随动物,一拍就是几年,十几年,很有耐心。

纪录片还有一种,事先设计一个结构,这里拍什么,那里拍什么,对被摄对象有要求,有干涉。比方说用演员饰演历史人物,营造一个活动的历史,但不是故事片。

两种不同类型的纪录片,都可以拍出好作品。

*纪录片,电影片种之一,以真人真事为表现对象,不能虚构情节、环境,可以出现解说性人物,但被解说和表现者一般不能用演员表演。它跟新闻片有所不同,可以不受新闻性的限制,既可纪录当前的现实,也可重视过去的历史,大到震惊世界的事件,小到日常生活方方面面及自然界的景观。根据纪录对象和表现手法的不同,纪录片又可分出历史纪录片、传记纪录片、政论纪录片、舞台纪录片、系列纪录片等等。

电影镜头赏析

张健钟：好，现在我们就来看几部片子。

首先来看《唐山大地震》。

我现在选一个片断，解剖镜头运动。

养父跟女儿见面，重逢，寻找，两个话题都有。咱们一个个镜头看。

前一个场面是内景，日景，父女重逢。我记录的是十三个镜头。

接着后一个场面是外景，日景，在大院里父女谈心，我记录的是十九个镜头。

瞿小松：趁张老师的助手还没在电脑上找到《唐山大地震》，我打打岔，填补空当。

《唐山大地震》：在大院内父女谈心，外景，日景。

从前苏东坡讲，画得跟真的一样，是小孩子干的事。画里有诗意，这画才能论品。中国以前论画，好一些的画，论上品、神品，最高是逸品。

刚才张老师讲诗意电影。我觉得，其实东西方在艺术上都有类似的追求。即便好莱坞大片泛滥的感官刺激对人冲击巨大，人类的唯美之心却不会就此

《唐山大地震》片首

死掉。物以类聚，人以群分。看电影，有追求感官刺激的，也有喜爱细细品味、安静思索的。萝卜青菜，各有所爱吧。

张健钟：感谢小松老师的善意提醒。

下面，我们还是继续我们的镜头分析。

现在，我们先把这两个场面连起来看一遍，我再重放一遍，一个个镜头讲评。

《唐山大地震》影片里有三分钟的地震场面，当然可以叫“炫技”了，下了不少功夫，虽然比不上美国大片的技术，但算是国产电影很大的进步了。

（播放《唐山大地震》片段）

张健钟：这个是我的镜头记录本，是我自己记的，我没有看过原剧本。

《唐山大地震》:内景,日景,养父和养女重逢

每个镜头我都画过,它的景别,它的构图,另外对话也在这个上面。

我们来看一下,电影镜头怎么能够让人起到作用,这个作用当然跟表演有关系,所以我们要综合来看。

看这部电影之前,我想控制自己,不要掉眼泪,但是眼泪还是经常止不住流下来。

第一个镜头,是陈道明演的养父,抽着烟,坐在沙发上前一个镜头,军队老干部们在礼堂里练歌,说外面有人找,就是他的养女带着孩子来了,他们已经很多年没见面,很突然。

导演用人物剪影似的画面反映出养父对眼前的对象看不清楚,以及陌生感。

下一个镜头,我们叫一个场景出现,就是父女重逢,这是一场室内的戏。

插句话。我们写电影剧本叫多少多少场景,有个场景号,下面就要写它是内景还是外景,内景,是白天还是晚上,是日还是夜。镜头的景别是什么,“远”

《唐山大地震》:养父抽着烟,坐在沙发上,内景,日景,小全景。

"全""中""近""特"五大类*。怎么拍法,是推、拉、摇、移,还是固定。内容写出来,还把对话写出来,很重要的还有音乐,音乐是多少分钟多少秒,等等。

这是第一个镜头,在这之前,父女从礼堂出来,已经见面了,怎么见面的,都没说,这个不需要,都略掉了。

《唐山大地震》:丫丫取出送养父羽绒服的场景,内景,日景,中景。

*摄像机在距被摄体不同距离拍摄的或用变焦镜头的不同焦距拍摄的画面。在不同的景别中,被摄主体在画面中呈现出不同的空间范围。镜头分为不同的景别,是为了对内容的主次轻重、被摄体的大小远近给予恰当的表现,以达到准确地叙述和艺术地表现的目的。不同的景别具有不同的叙述和表现的功能。

远景:表现广阔的景物面貌和宏大的场面,在显示气势,描绘气氛,创造意境等方面具有较突出的表现力。

全景:主要展现被摄对象的活动全貌,被摄对象所处的环境背景以及主体与外界之间的关系,通常作为显示空间面貌的主要介绍性镜头来用。

中景:主要表现人物的动作,人与人之间及人与环境之间的交流和关系。是一种常用的介绍性景别。

近景:用来介绍人物以及人物的表情,事物的细部等等,在叙述内容时起着重要的作用。

特写:通常起强调重点内容的作用。特写是一种视点的别景,因此具有较强烈的主观色彩,它能把表现对象放大,清楚细致地去观察,并造成较强的视觉冲击。

景别的确定与内容的表现重点有很

陈道明演的父亲知道今天女儿要进门了，你们看，这里有许多东西要看，第一个是书房，这是无声的，墙上挂着几幅练字的习作，说明这个老干部退休以后，老伴去世了，女儿又多年没消息，他自己的感情只有投入合唱和书法中，这是他心境的表现。

现在，他抽着烟，坐在沙发上，因见到陌生的养女不知说些什么内心翻腾着。应该讲这个镜头是小全景，固定镜头。

第二个镜头，是女儿丫丫，在自己房里，把大衣柜关好，她拿出羽绒服，她是要给爸，多年不见，要送他一件羽绒服，这是第二个镜头，应该讲这个镜头，是个中景，把人的大部分都拍进去。

第三个镜头，跟摇，女儿走出来，摄像师跟着她再摇，丫丫看见父亲在抽烟，就说："爸，您怎么抽上烟了呢？"爸爸说："抽着玩儿。"你们要注意陈道明的戏，心里很无奈。

大关系。景别之间也具有一定的联系。在运动摄影中，由于主体的活动或摄像机的运动，景别也可能处于不断变化之中。

唐山大地震：养父漫不经心地试穿女儿买来的羽绒服，内景，近景。

丫丫说："来，试试。"实际上父女还是有感情距离，爸爸说他正要买一件羽绒服，他这语气是随心应和的。他真正关心的是女儿这些年到底去哪儿了，但这句话不能随便问出来。丫丫是体贴，也是借送羽绒服来掩盖自己内心的歉疚。

丫丫还是让父亲穿衣服，父亲终于试探性地问了："丫丫，这几年你去哪儿了？"这是第一问。丫丫不回答，说："袖子有点长。"爸爸说："挺好。"其实此刻父亲对衣服是漫不经心的。

第四个镜头，是个中景，丫丫给爸爸围上围巾。爸爸又第二次问："你还记得这个家？"影片已经表现出它的层次。丫丫停顿了一下，跟他说："爸……"没有回答。爸爸又问："你去唐山找过亲人吗？"这是第三问，语气都是比较平淡

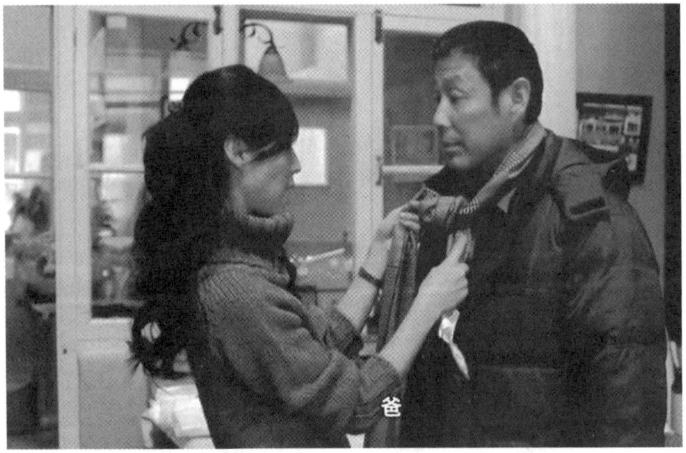

《唐山大地震》：试穿衣服时父女对话场景，内景，中景。

的。第三个问题，还是不回答。养父注视着女儿，女儿问：“爸，喜欢吗？”第三个问题又挡回去了。爸爸说：“丫丫，坐。”这时丫丫出画面。

第五个镜头两人交换位置。

第六个镜头跟着丫丫，转一个身，落幅，丫丫又岔开说：“在我印象里，您特别高，袖子怎么就长了呢？”两人心里都明白，多年不见，身形发生变化了，感情生疏了。

第七个镜头，是个反打，一个打丫丫，一个反打，这里跳了轴线，观众也可以理解人物感情线。丫丫这么说就是没话找话。爸爸脱下羽绒服，坐下，看着女儿，第四次问：“为什么不回家啊？”丫丫迟疑一会儿：“我没脸回来。”这时候，经过父亲的四次逼问，丫丫躲闪之后，只能做出回答。“没脸回来”四个字，开始触碰心底的要害了。养父紧盯着，但语气又稍有温和地提出了第五次问：“来封信，打个电话，总可以呀？”

《唐山大地震》：父亲脱下羽绒服，问女儿：“为什么不回家？”

第八个镜头，又来次跳轴反打，丫丫小心地回答："我怕您担心。"

《唐山大地震》：跳轴反打，女儿回答父亲问话。

第九个镜头，又跳轴反打，终于，父亲的情绪在这一刻爆发了，重重拍打一声沙发扶手，倒吸了一口气，怒吼："不让我担心，我天天担心！"这是这场戏的

《唐山大地震》：父亲的情绪在这一刻爆发。

高潮,陈道明这位演员非常懂得人物内心情感的控制和爆发,也正是这种情绪的宣泄,让我作为有专业知识的观众也落下了热泪。

第十个镜头,又反打坐在对面单人沙发上的丫丫,她无比内疚不安,埋下了头,站起身蹲到养父身边,这是跟摇镜头,还是中景到近景。父亲爱之深,责之切,接着在痛苦和愤慨的情绪中怒问:“你去哪儿啦?”这是第六问。女儿不断地用双手抚慰着父亲:“爸,爸,爸,对不起……”

《唐山大地震》:丫丫走向父亲,跟摇镜头,可以看出,此时处于静态的父亲的图像显得有点虚。

第十一个镜头,父亲气得大口喘气,丫丫不停劝慰,这是近景。父亲摇摇头,无奈地长叹一口气,起身,背着手,走向里屋。

在这组镜头里,我们注意到,基本上是两人坐着对话的镜头,一个问,一个答,父亲发了六问,终于按捺不住心头的爱和怨,继而爆发,从第七个镜头到第十一个镜头,连续在两人关系连接线的两边跳轴,镜头跳来跳去,一会儿对父亲,一会儿对女儿,造成紧张、推进的节奏,看起来这是个简单的技巧,连续推进反复跳轴,也暗示着人物之间复杂交错的情感。此外,导演并没有用全景,始终在中景和近景之间切换,好似没用技巧,实际上这正是服务角色刻画的最好技巧。光线的运用也有讲究,这组镜头集中在两个沙发之间的狭小空间,但总有一束亮光打在父亲的头上和肩上,表示导演引导观众的注意意向,从光源上也有道理,是从旁边的窗玻璃上透进来的,但显然在光上也做过加工。

第十二个镜头,父亲背身走进里屋,背着手走到床前,欣喜而又深沉地注视着外孙女点点。近景,跟推。

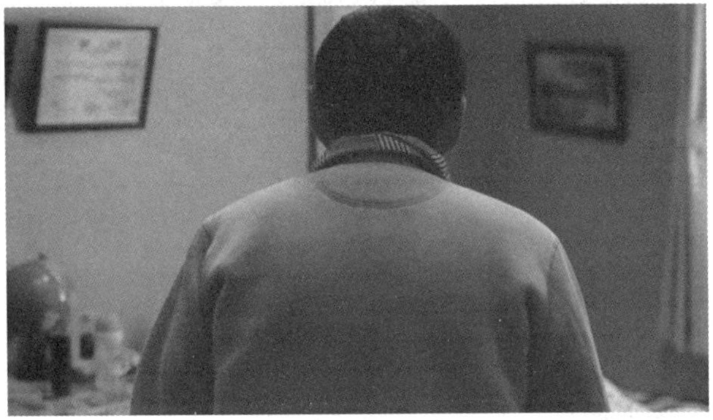

《唐山大地震》:父亲走向孙女,近景,跟推。

第十三个镜头,中景,父亲转过身,看着跟进来的女儿,慈祥地对着她说:“哎!”画面左角是女儿丫丫的背影。

《唐山大地震》：全家三口团聚，室内，全景。

这第十三个镜头，最后落在三代亲人团聚的视点上。

电影音乐与镜头Ⅰ

瞿小松：电影音乐有两类。

一类是有声源音乐，现场音乐。

一类是无声源音乐，也就是作曲家写作的配乐。

刚才放送的这一段，属于第一类。

情境里头，众人在唱革命歌曲。歌声当中，陈道明站起身，转身，往门口探身。

之前,在“默片”时代,人们很难深刻感受戏剧内在的张力。现在有了音乐,就有了不同的节奏——心理的节奏,戏剧张力内在的节奏。

这一段,歌声强收。

下一段,静默,无声,陈道明无语地吞吐烟雾。此时你会感受到不幸人生沉甸甸的分量。这就是音乐与声响对电影的内在影响。

张健钟:小松老师说得非常好,的确,包括音乐在内的音响对电影内在情感张力有着举足轻重的影响。

我们继续镜头分析,不过音乐此时已经更加充分地体现了它的内在力量,因此,我们也一并进行分析。

下面就接礼堂大院的外景戏了,这一场接着是父女谈心的戏,外景,

《唐山大地震》:礼堂大院的外景戏,扮演父亲的陈道明放风筝,全景,日景。

日景。

音乐是从上一场第十三个镜头结束时开始的，是个温暖欢快的旋律，音乐先于画面，进入下一场戏。

这场戏有十九个镜头。

这个地方应该很精彩。因为电影镜头的语言上升到意象角度了，为什么，父女见面了，音乐放了很长，节奏起变化了。外景还没开始呢，音乐就起来了，这个是音乐主题，和亲人相聚的主题。张静初这段的表演也是见功力了，因为表演最大的技术是控制和释放，她把内心郁结多年的情感释放出来。

《唐山大地震》：点点放风筝的镜头出现，风筝意味着童年，这是一段具有意象和抒情性的美学镜头。

导演考虑的问题是，多少个镜头来表现这个东西，镜头的角度怎么摆，我们学这个，我感觉到，导演在这里要把前面的紧张疏解掉，化为一种抒情，是掏心窝子，主要诉说者变成女儿了。

里面大家有没有注意到一个风筝，风筝是一个意象，诗意的风筝意味着什么？意味着童年。

风筝几次出现，一开始就是父亲放着风筝往礼堂边跑。再就是父亲把风筝通过丫丫的手，传到丫丫的女儿点点手中，接着是点点边放风筝边幸福地跑着，周围有踢毽子、扯空竹的小孩子们，温暖的阳光以侧逆光的角度，给点点的小脑袋侧面，镶上一层温馨的光带。

音乐开始是明亮的钢琴独奏，自第五个镜头进入饱和的交响乐，直至第九个镜头。画面是父亲与女儿继续着上一场室内戏的情绪，坐在长椅上对话。

《唐山大地震》：父女坐在长椅上对话场景，自行车表达了“回到童年，回家”的意象，近景，日景。

点点拿着风筝回来，意味着风筝高飞、风筝落地、落地回家。同时看到父女身边还停着一辆自行车，影片的一开头是亲生妈妈（徐帆饰）骑着自行车回家，现在养父旁边放了一辆自行车，还要听到这个车铃声，这是童年爱的回忆。这些因素都造成一种意象空间，刚才室内的景是暖色调里面带有一点冷色调，现在这里完全是暖色调，太阳光透过秋天的叶子进来，而且这个服装，都点出来他们的时代特点以及美学色彩，羽绒服穿在父亲身上，女儿穿的是白羽绒服，点点戴的花红色的毛线帽子和花红色的毛线围巾，都强调了暖色，显示出人间大爱的温暖主调。空气里还加上了淡淡的雾烟，有点浪漫的味道。

我们具体分析一下。女儿坐在长椅上向父亲陈述内心的感受："我老梦见这个大礼堂，小时候跟在您和妈妈屁股后面打饭，就好像昨天一样。"父亲指着放风筝的点点说："那时候你就这么大。"女儿抽泣着向父亲诉说了掩藏已久的心结："地震的时候，我和弟弟都被压着，别人说只能救一个，我妈说，救弟弟……"她扑在父亲的肩上失声痛哭道："三个字，就写在我耳朵边上……爸，我不是不记得……我是忘不掉！"接着是风筝飘落而下的第十六个镜头，特写，空镜头，似乎在让观众尽情想象。第十七个镜头，又是特写，父亲对着啜泣的女儿，点着头说："我懂！"把女儿搂得更紧了，画外是扯空竹的响声……这一切，构筑了一个镜头和音乐音响、表演和人物台词共同组成的情感交融的意象空间，显示了电影无穷的魅力。

电影音乐与镜头Ⅱ

瞿小松：电影音乐的运用，有些导演喜欢跟镜头走。镜头换了，音乐还没完，不管三七二十一，戛然掐掉。有的导演，会用音乐托过镜头的转换，这类处理会让电影的节奏更加柔润流畅。

张健钟：陈凯歌很喜欢用后一种，圈内不少人都认为，新时期中国最好的电影是《霸王别姬》。《霸王别姬》练功那一段，大量的音乐、意境画面。小徒弟受不了戏班子严酷的场面，想逃出去，打开门，竟是满眼彩色的风筝，这是绘画风格，不是纪录风格。绘画风格跟纪录风格结合在一起，变成意象，这是我们音乐跟镜头要追求的对象，我很喜欢这个，这段感动人，就是刚才瞿老师说的。

《西西里的美丽传说》的剧评及其音乐

张健钟：我们现在接着看《西西里的美丽传说》，因为时间关系我们就看最高潮。

《西西里的美丽传说》(Malena) 是一部2000年发行上映的意大利浪漫电影，改编自Luciano Vincenzoni的小说。由吉赛贝·托纳多雷担任电影导演和编剧(他是一位杰出的导演，其导演作品《海上钢琴师》《天堂电影院》均成为观众喜爱的经典)，意大利名模莫妮卡·贝鲁奇(Monica Bellucci)扮演了女主角玛莲娜。

意大利墨索里尼失败了，美国军进来了，但是小镇的老百姓，把全部憎恨倾注在女主角玛莲娜身上，因为她在二战时期帮助过德国人，做了德国司令部里的妓女。这一段落又由"广场毒打"和"逃离小镇"两个场景组成。

(播放《西西里的美丽传说》片段)

张健钟：我请朋友，请教作曲家，把这部电影的主旋律给记下来了，这是它的主旋律，这个主旋律帮了这部片子很大的忙，非常温暖又非常哀怨。

我在这里说一下，这个作曲家跟导演托纳多雷*合作了多年，我建议大家重看一下托纳多雷的电影三部曲，《天堂电影院》《海上钢琴师》《西西里的美丽传说》这三部电影音乐都是这个作曲家创作的。

这个主旋律还有两个副旋律，一个副旋律是进行曲，还有一个副旋律是圆舞曲。

*吉赛贝·托纳多雷 (Giuseppe Tornatore)，意大利导演。

1956年5月27日，托纳多雷出生于意大利西西里岛的巴勒莫(Palermo)的巴格里亚镇(Bagheria)。第一份职业就是当摄影师，所拍的照片被刊登在不同的摄影杂志上，大获好评，也得到了皮兰德罗 (Pirandello Luigi)和菲利波(De Filippo)的赏识。16岁时，托纳多雷就参与了他们的两出戏剧，从这以后他的兴趣爱好就开始从拍相片转换到拍电影，1985年编导的首部剧情片《被称为教授的男人》获得了当年意大利电影记者协会的最佳导演银带奖和金球奖的最值得期待新导演奖，也被列为意大利为数不多的写实电影流派新贵导演。

1979年，年仅23岁的托纳多雷就已经和意大利国家电视台RAI电视台开始了长期的合作，并为他们制作了大量的电视节目。在1982年意大利萨莱诺影展(Salerno Festival)上，他导演的长篇纪录片*Le Minornze Etniche In Sicilia*获得了最佳纪录片奖。1988年，32岁的托纳多雷执导了他的第二部影片《天堂电影院》，就已经在全球影坛上声名大噪，获得法国戛纳电影节的评审团大奖和第六十二届奥斯卡最佳外语片奖。还有后来的1995年荣获意大利大卫奖最佳导演奖及威尼斯影展评审团特别奖的《新天堂星探》。1998年再次捧回意大利大卫奖最佳导演奖的史诗巨作《海上钢琴师》。2000年再次入围奥斯卡最佳外语片提名的经典传奇《西西里的美丽传说》。这些作品都奠定了托纳多雷在世界影坛的地位，为他赢得影迷无数。

虽然托纳多雷近年无甚佳作问世，但他名下那些经典作品仍令他在影史留名。

电影《西西里的美丽传说》主题曲旋律(听音记谱)

影片的男主角,就是这个成长中的少年,叫维里图。影片的视角,就是通过维里图的眼睛来看全镇的一切——他的性幻想,跟全镇人的性狂热,全镇的男人都为了这个女人发狂,而全镇的女人都妒忌。为什么?她长得太漂亮。她的丈夫参加了法西斯的军队,上前线听说阵亡了,最后由于家庭变故,她没办法,只能为德国人服务,所以最后大家把全部的愤怒集中在她的身上。

瞿小松:这个美丽的女人,说她帮德国人,其实是为生活所迫。谁给她吃的她给谁提供(性)服务,无所谓帮不帮。之前也有意大利男同胞以食物占过她的便宜。

美丽的无奈,美丽的悲哀。

其实这个电影,超越国家,超越民族,超越敌友,超越政治,写的是人性。

在这个场景里面,群女将美女拖出来,围攻撕打,现场声音嘈杂。音乐欢快，幸灾乐祸者说："你这贱货，总算落到我们手里！"特写，剪刀举向天空——现场噪声没了——音乐起，沉重严酷。坚决要把美丽变成丑陋，万众一心。残忍!

战争结束，群女郁积的嫉妒终于找到快意爆发的良机。毁灭美丽，是西方悲剧哲学。但对残忍的场景，导演只是展现，并不批判。而片子里头少年的不忍与难受，却是他的眼和心。这是一颗悲悯之心!

吉赛贝·托纳多雷

张健钟：影片以二战为背景，反映的是1941年意大利的现状。

我们通过这个片子可以看出，盟军胜利以后，意大利西西里小镇上的人们(不管是男性和女性)，盲目地把压抑的愤怒的情绪发泄在曾经为德国军队服务的玛莲娜身上，在这个过程当中，人性的狭隘和残忍还是非常突显的。

当然，在这之前对人性的黑暗面已经有了铺垫式的表述。如影片的开头是全镇百姓在广场集合，听着广播里墨索里尼宣布意大利参战，人们兴奋狂叫。河边五个少年在用镜子聚焦太阳光，看着蚂蚁被烧死。

我还要说一点，构成这部电影的一个核心场景是广场戏。饰演女主角的名模莫妮卡经过广场一共有八次，第一次穿高跟鞋，进广场目不旁顾，美得不得了，小镇上男人的老婆们心中充满了妒忌。

法西斯失败了，盟军进入小镇，小镇百姓们又欢迎盟军。牙医的老婆，想起妇女们仇恨的漂亮女人玛莲娜，便呼喊女人们跑到原来的德军司令部里抓出玛莲娜,拖到广场的空地上殴打,发泄往日的仇恨。这就是玛莲娜第六次出现在广场。

从这里开始的这场戏,大家刚才又看过了,一共有 130 多个镜头。我让学生们拉片,做镜头记录,数字上可能有出入。因为,在广场上,镇上的女人们拖拉毒打玛莲娜的镜头切换得非常快速,难以准确记录,节奏太快了,就像音乐中的急板。

突然,领头的女人高举起剪刀,音乐骤停,画面好似凝固,接下来便是暴虐地乱剪玛莲娜的头发,玛莲娜被打得皮开肉绽,当众遭受女性最难堪的侮辱,在地上无助地爬行蠕动。而此时的男人们只是看客,没有人出身阻止。

第一男主人公少年维里图也只是同情地望着地面上的玛莲娜,心中充满了痛苦和惧怕。这一组镜头很缓慢地运动,像音乐中深沉的慢板,压抑地表现着人性中的卑劣和残酷。

接着,玛莲娜号叫着站起来,凄惨地奔向火车站的方向。尖叫的汽笛声,也好像悲惨的呼叫,引导剧情发展到"逃离小镇"场景。

此时,少年维里图无奈沮丧地看着逃难的人群中夹杂着裹着黑头巾的玛莲娜挤上车厢。与之相伴的是大提琴奏出的低沉哀怨的主旋律音乐。接着,玛莲娜回望着小镇,悲苦地随火车远去,此时的音乐主旋律加副旋律不绝于耳……这一场的最后几个镜头,用的都是长焦距,把"S"形构图上的几节车厢压缩在一起,代表着男主角心中无可奈何、绵绵不断、挥之不去的情怀。

必须一提的是,片中女人受虐后的匍匐爬行和前面的烧蚂蚁是构成了相

《西西里的美丽传说》:受虐后的玛莲娜痛苦地向前爬。

互指代的意象。

我小的时候也烧蚂蚁玩儿,其实这是一种对生命的残忍,看蚂蚁怎么死。说到这里,大家就会明白前面的这个镜头不是偶然出现的。

蚂蚁被烧死前的垂死挣扎,玛莲娜受虐后的痛苦爬过,实际都是一种毁灭,一种是生命的毁灭,一种是美的毁灭。这种目睹毁灭的快感,反映了人性黑暗的一面*。这种参与摧毁带来的快感,又反映了人性中妒忌、残忍、冷酷的阴暗心理*。

这一段的镜头运用,值得一提。

大家看到没有,玛莲娜受虐的这一场中,拍摄是一次完成的,女演员的头发被剪掉了,不可能再剪一次;对女演员的暴打也不好打一次不够再打一次,话说过来,演员为艺术献身可以,你别让人家把命搭上。所以,拍到这里的时候,客观条件上不允许有非常明确的分镜头概念,基本是拍到哪里是哪里。

*烧死蚂蚁或摧毁玛莲娜的美丽都反映了人性的一种黑暗心理——幸灾乐祸。肯塔基大学的心理学家理查德·史密斯在其新书《幸灾乐祸》(the joy of pain)中认为:“人们多通过社会比较,来确定自己的优势,和在社会中的地位,他认为幸灾乐祸就来源于社会性比较。”荷兰莱顿大学的范戴克通过研究发现:“自尊心弱的人会竭尽所能地让自己感觉良好,当发现别人倒霉时,就会幸灾乐祸。”

*2015年4月定福庄文化发展论坛上徐克导演表达了一个观点:“好的电影总是表现人性。”《西西里的美丽传说》就是这么一部作品。这部作品中,镇上的女人们残虐同为女人的玛莲娜其实就是源于一种人类的灰色人性——妒忌。妒忌的本质是个人与和自己具有某些相似性的人在社会比较中,由于他人具有某一方面的自己难以达到的优势,而产生的自卑、敌意和怨恨的综合情感类型。妒忌的产生有三个前提,一是和自己相关,比如玛莲娜的美丽把某些女人的老公的魂都勾走了,虽然未必人人都红杏出墙,但她们认为这个女人无形中给自己牢固的夫妻感情带来了威胁。二是与自己具备某些相似性,显然玛莲

娜也是镇上的女人，她们共属一个类型。三是别人具有自身难以达到的优势，比如美丽，这种天生自然资源。妒忌几乎人人都有，即使不表现出来，也会存在于人的潜意识当中，而一旦时机具备，这种潜在心理就会爆发出来，产生很强的破坏力。就像玛莲娜在盟军胜利失去德军的依靠后，镇上的女人们表现出的那种残虐的行为一样。当然，妒忌之心既然人皆有之，化解之法尤为重要。编者以为，可有两路，一为费孝通所言：各美其美、美美与共。就是个人在与他人进行社会比较时，多注重发掘自己的独特优势，同时认可并欣赏他人的特长。二为大隐隐于市。中国有句古话，木秀于林，风必摧之。也就是告诫我们，大自然尚且如此，何况人类社会，所以，做出点成就或具备某些方面的优势，少显摆，多低调。也许，玛莲娜不这么整天花枝招展地在广场上走来走去，她老爸那个教授还可能当得好好的，她自己呢，也可能早就有了工作，也不至于沦落风尘了。

*“同构”来自格式塔心理学，是格式塔学派用来解说审美心理活动的一个重要概念。该学派认为表现性是知觉式样的客观属性，它的基础是力的

我们再来注意镜头调度，玛莲娜爬的时候，大家是不是会想到前面蚂蚁在爬？

再来看看旁观的那些大男人，表情木木的，没有一个是有正义感的，哎呀，只有这个男孩，是敢怒又不敢言！

这个镜头是女主角从这里爬过去，又从这里爬过来，是两次摇，也是在地上爬，就是瞿老师所讲的，美被毁灭。

我还得说明一句，这部电影运用了“同构”*，全镇人都有战争狂热，战争结束了，美国兄弟进来了，他们把仇恨妒忌放在一个女子身上，电影艺术家表现了这个时代的人格文化。战争狂热跟性狂热，两条形象链构在一起，这个叫同构，具有很强的反思意义。

意象的反思

瞿小松：谢谢张老师提及五个少年用放大镜照烧蚂蚁，残杀生命而无意识；提及这个镜头跟之后美女恐惧挣扎、艰难的爬行相呼应。

其实人家，都可能是那残杀生命而无所觉察的五位少年（我自己的童年，就干过不少这样的事），都可能是围殴美女被嫉妒心烧得疯狂的群女，都可能是斗争当中肆虐施暴的“革命群众”。

善，恶，都是人性。能否认清情绪，如何释放能量，善恶就在一念。

所以，更感谢张老师的反省！向张老师致敬！

张健钟：所以好电影就要有这种力量，但是像这种镜头组合的意象空间，在我们中国电影中目前还不多。这种意象空间，有很大的放射力，给人强烈的联想。

我们中国电影需要有历史的反省，这个反省是我们走向世界电影的一个非常重要的过程。

《情书》的镜头语言、剧评及其他

张健钟：因为时间关系，我下面赶紧放一段大家爱看的《情书》*。放的这一段是“擦肩而过”。

（播放《情书》片段）

张健钟：在这段影片中，大家可以看到男藤井树的女朋友博子，在他雪山失事后，了解到他同班曾有一个同姓名的女藤井树，于是博子就试着给她去信，甚至去寻访住在北海道的生着

结构。由于外物的结构与人的内在的情感结构是同一的，所以外物的刺激，能引起主体对应的情感，这种情感终究不是主体本身所固有的，不是主体情感移入对象的结果，而是知觉者从知觉对象中直接感应出来的。也就是说外部自然事物与艺术形式之所以具有人的情感性质，是因为外在世界的力的结构，与人的内在世界的力的结构，具有“同形同构”或“异质同构”的关系，它们虽然质料不同，但活动的力的结构却是相似的，外部事物与人的内在精神之间建立起关系，使外部事物看上去有了人的情感性质。

此处，演讲者是把影片中“被烧蚂蚁死亡前的挣扎爬行”和“玛莲娜受虐后的痛苦爬行”片段作为相似的即同构的审美意象。

*《情书》是由岩井俊二自编自导的日本纯爱电影，改编自同名小说《情书》，由中山美穗、丰川悦司、柏原崇主演，于1995年3月25日首映。

电影讲述了一封原本出于哀思而寄往天国的情书，却大出意料收到同名同姓的回信，并且逐渐挖掘出一段深埋多年却始终沉静的纯真单恋，真相大白之后前尘往事与今时爱恋缠绕出了一段痴情凄美的挚爱深情。

病的女藤井树。在这里，两个女性居然未遇，擦肩而过。女藤井树坐着红色出租车从医院回家，博子把信件投入红色的信箱，在路上擦肩而过。女藤井树写好回信，骑着自行车进市里投进红色的邮筒，在人群里回头，似乎感觉到什么，正好，博子也在街对面，看到骑自行车的女子穿过这里，两人都有内心感应。

这里有一个长镜头，镜头内部有若干景别的变化，我们叫“镜头内部蒙太奇”。

这又是一次“擦肩而过”。

影片的这种传奇色彩，表明生命过程的奇特和瞬时性。

导演岩井俊二非常喜欢在主色调外面加一些完全对立的色调来吸引大家注意，这个红就是在白的世界里一点红。

这点红有它的意味表达，就是心灵感应。如片中两个人没见过面，却感觉到你熟，我也熟，但在人群中却为茫然。

另外，还注意一个问题，叫场面调度，我们看电影的时候，导演很关注场面调度。

场面调度是什么意思，你要画一个场景图，在这个场景中，邮箱放在什么位置，卖报亭放什么位置，自行车怎么穿行，街道怎么交叉，路人是怎么走，两个女主角怎么站，摄影机放什么位置，有没有架轨道，这个场景就花了功夫。

我们通过这样就可以学习导演，因为这个场面比较复杂。

瞿小松：借此，我想稍微提提电影的色彩。

我们知道相当部分的欧洲电影,追求浓厚的古典油画色调。

刚才看到的这部日本影片,色感比较薄,比较朦胧。虽然,有人讲,电影无国界。但电影人却因不同地域、不同文化、不同趣味,营造不同的电影色彩与气质。这有意思。

张健钟:瞿老师说得很好,这让我想起一个话题,就是63影像。

岩井俊二的几部电影成为我的一个研究对象,我叫它岩井俊二电影,一个《情书》,还有《四月物语》《燕尾蝶》,他的影像世界是很丰富的,他是1963年生。

我注意到1963年出生的导演在世界上有一批,我命名为63影像:姜文是1963年出生的,还有几个导演都是1963年出生的,如昆廷·塔伦蒂诺以及美国导演索德伯格。

同样,在《情书》中,岩井俊二展示了他非常丰富而且独特的镜头语言。

例如,片子开头博子在雪地行走的1分59秒的长镜头。影片用了很多篇幅描绘雪地。而且注重一些微小细节,十分打动人心,如博子在雪地骑自行车,突然发现了一个蜻蜓,停下来看。

谢嘉幸:这体现了一花一世界、方寸有乾坤、立象观意、言尽而意无穷等等东方审美范畴中特有的文化精神*。

张健钟:是的,这种精神不仅体现于精微处,还体现在片子整体框架中。

如在情节安排上,国中青涩的男藤井树暗暗爱着同样青涩的女藤井树,一如他们之间青涩的情感。不过这情感在男藤井树的心里却一直像一团跳跃

*无常、宿命、极端美学常常是日本电影中最为鲜明的基调。而《情书》的特别之处在于,它并没有过多地展现这种淋漓的残酷之美,而是将“悲哀及美”的日式美学观念诠释得精准到位。

的火苗,却从未说出口,他通过在鲜有人问津的87本书的借书登记卡上签藤井树名字的方式;通过对班级中讥笑女藤井树的同学拍案而起,甚至粗暴地维护行为;通过对邻班女生大井和学妹爱意表达的冰冷拒绝的方式,表达着对心爱女孩的心意,当然这些,女孩对此均是无觉无知的。男孩做了最后一次努力,转学前,托女藤井树还书(书名《追忆似水年华》,在借书登记卡背面用心画上了心爱女孩的肖像),谁知也未被留意,只是在普通的一个晴日里,在透窗而进的金色的阳光里,被心中爱恋的她,踮着脚尖,将藏有男孩心意的书放上书架。这!就是那个属于男女藤井树的爱情故事,没有欲望,一如洁白的雪花,簌落无声。

影片的最后,女藤井树在学妹们送来的夹着那个秘密的书里,终于看到了那个男孩画给自己的素描——无字的情书(点题),顿时明白了男孩绵绵的心意,不过此时,他们已经阴阳两隔,真是令人唏嘘不已。

这个结局让我不由得想起苏子瞻的一首诗:“人生到处知何似,应似飞鸿踏雪泥。泥上偶然留指爪,鸿飞那复计东西。”

这,难道就是我们的生命应然之义吗?

《情书》显然不这么认为,在这个影片中,又设置了一个和女藤井树相貌相同的渡边博子,明眼的人很容易就分辨出这是针对问题的另一答案。

博子爱男藤井树,爱得热烈,爱得深沉,爱得主动,甚至求婚也是博子先提出来的……

可是,最后呢?

男藤井树还是在偶然的雪崩事故中永久地离开了她。

两人殊路同归!

这就凸显了影片对生命存在的另一重思考:如果说女藤井树与男藤井树的爱情,因为女孩的内敛、被动而错失,那博子和男藤井树的爱情同样会被世间偶然的不幸而剥夺。

我们总是希望追求那种必然的规律,并把握它、遵循它,希望得到无数先验的结果,但事实上,偶然才是生命存在的本质,因为偶然造成事实。

被动不行,主动亦难以遂意,这似乎陷入了一种悖论,让人不知所从。

但《情书》显然没有满足于这一论断,而是通过女藤井树的爷爷,也就是影片中的另一个副线予以回答。

如,在影片中身患肺病沉疴的女藤井树高烧 41.8 摄氏度,急需送医院。76 岁的爷爷准备打出租车,甚至执意背着孙女前往。妈妈基于过去的经验指出,这样做不可行,因为她的丈夫也就是爷爷的儿子遭遇过类似的境遇,爷爷执意背着儿子去医院看病,结果还是来晚了,一命归西。这次,她是坚决不同意的,她要听专家的意见, 可是救护车在这种大雪漫天的天气中需要 1 小时之后才能到,又很有可能错过抢救时机。爷爷最后说服了妈妈,因为他上次背着儿子用了 40 分钟到达医院,这次不会超过这个时间,虽然也可能会晚,但比等救护车来还是要节约 20 分钟的时间,抢先一分钟都可能挽救一个生命。所以,最后爷爷还是背着孙女蹒跚着踏上了去医院的路。

这一段,有一个感人的情节,爷爷年迈,体力不支,背着孙女在大雪里直

*这其实说的就是弹坑理论，当过兵的人都知道刚刚炸过的弹坑是非常安全的，因为炮弹很难再次炸在同一个弹坑内，前次炸出的弹坑往往成为老兵们的最佳躲藏之地。从概率学上来说，在弹坑内被炮弹击中的概率是最低的，就像神枪手也难以每次都击中靶子的同一地方。

直地摔倒在地，一动不动，绝望的妈妈，看到铲车路过，赶紧去拦车，可是雪太大了，能见度太低，铲车司机没有见到这位心急如焚的人儿的呼救，而妈妈只能看着铲车与她的希望渐渐消逝在雪夜之中。这时候，爷爷竟然又站了起来，他竟然要豁出自己的老命去救孙女！

看到这时，我的眼泪禁不住潸然而下，这是一种什么样的生命精神啊！

剧情还在发展，爷爷背着孙女终于赶到了医院，他和孙女同时被推进急救室——这次，命运之神没有那么绝情，孙女因抢救及时而被救活了，爷爷也康复了。

这时，影片对生命的追问给予了一个响亮的回答：偶然毕竟是偶然，不要因为那些曾经致命地伤害过你的偶然因素而惧怕，不敢前行，不要做惊弓的鸟儿，只要你奋力飞翔，前面就是无限的生机与美好*！

这时候，观众心里可能释然了，因为他们心中的追问得到了一个“完美”回答。

战争中，前次炸出的弹坑往往是老兵们的最佳藏身之地。

但影片没有止步于此，片子结尾出现了一组意象镜头。镜头中，爷爷告诉了孙女(女藤井树)一个秘密，院中的一棵大树就是爷爷早前种下的一棵小树，现在它长大了。孙女的名字就是因树而起。这时候，孙女走向大树……

这组意象镜头非常巧妙，首先用树解释了名字的由来，同时点名了影片的主题，更加果断地回答了对生命的追问：关于青春的一系列感动、遗憾、伤怀、唏嘘、回忆、沉湎、歇斯底里……都有它的价值，都是为了成长。个体生命最重要的是成长，是使自己能以独立、自立、成熟的姿态屹立于天地之间！

谢嘉幸：非常精彩！这让我们似乎忘记了时间的存在，不过“三人谈”的时间真的已经过去了。

张老师的演讲不仅让我们感受到了大编剧的风度，同时现身说法给我们诠释了他对生命追问的回答。

谢谢张老师！

（掌声）

最后，我们准备扩充一点时间，大家可以提一个问题。

现场答问

问：从《情书》来看，西方的镜头美学完全可以实现东方化美学转化，能否从这个角度谈谈中国电影价值、中国艺术的发展能得到哪些借鉴？

张健钟：从电影的传统理论来说，西方的电影理论讲镜头、电影传达是照相复原的本能，也就是照相本能，这是一种重要的电影主张，以后就产生了意大利现实主义电影，这是电影本体论的一个论断。

镜头(画面)运动是电影的核心,镜头具有三种美学意义和功能,特别是对意象空间的构成。

现在中国的电影界在思考一个问题,如何把中国故事用国际叙述话语来呈现。

实际上,中国古典美学传统讲究美在意象,它传达的是主观感觉跟客观物象的融合,追求那种全新的感觉世界,即美学家说的意象空间。

我认为,中国电影也好,美术作品也好,音乐也好,只要不脱离艺术的本体,将中国古典美学精神活化在艺术创作中,在某些方面完全有可能走出比西方艺术更为精彩的道路。

谢嘉幸:由于时间关系,张老师带给我们的其他几部片子没有谈及,不过张老师把片子留了下来,大家可以拷回去欣赏学习,将来我们有机会再请张老师来一并补上今天的遗憾。

今天的音乐纵横三人谈就谈到这里,谢谢大家!

编后微评:

如果将本次讲座内容用一句话概括, 那就是“一个编剧家眼中的好电影”。什么是好电影?主讲人给出了自己的答案:票房、艺术、意蕴三合一。三者的价值如何体现?主讲人认为,那就是镜头美学的呈现。镜头中容纳了十种电影艺术手段,分别是景别、构图、角度、色彩、光线、镜头运动、轴线、场面调度、声音(包括音乐与音响)、蒙太奇和剪辑。十种艺术手段合力实现电影的三大功能,纪录、再现和表意。三种功能的核心是表意,它结合了前两者,生成一个有心灵映射、有情感意蕴的感性世界,成为审美对象。表意的内涵容量巨大,但归结起来就五点,分别是归来、离别、热爱、寻找和捍卫。

以上说法十分具有概括力和逻辑性。相比其他影评人对好电影的评价,如好电影是对灵魂的触摸;好电影会讲好故事;好电影有真性情;好电影让人感受艺术好电影具有商业性等的说法要高明许多,因为主讲人抓住了电影的本体,而其他说法几乎都可以用于对其他艺术的评价,你们说是不?

李东才：影视编剧艺术漫谈

中国戏剧文学学会副理事长，中国戏曲学院戏文系特聘教授，泉州光华摄影学院客座教授，解放军空政电视艺术中心编导室原主任，国家一级编剧。曾经创作《火热的心》《孙中山与宋庆龄》《追日部族》《笑傲苍穹》《原乡情》《中华神韵》《我的士兵兄弟——彭丽媛和她的战友们》等百余部话剧、戏曲、音乐剧、影视剧、综艺节目和诗歌作品，获得国务院文化部戏剧调演优秀剧目奖、中国曹禺戏剧文学奖、全国戏剧文化奖，中国电视剧“飞天奖”“金鹰奖”等40多个奖项，为全军电视剧《金星奖》“优秀编剧”奖首位获奖者。

讲座导读：

剧本，剧本，一剧之本。一部优秀的影视剧作品，不可能没有一个好剧本，因为剧本是一部影视剧作品成败的第一关键，是影视剧作品创作的奠基工程。而编剧者却往往身居幕后、深藏不露，只是让我们广大观众随着影视的剧情喜怒哀乐。

今天我们的讲座请来了国家一级编剧李东才老师，现在就让我们跟随李老师来探寻编剧的秘密吧。

有请李老师，同时有请对话专家谢嘉幸教授和丁旭东博士。

很高兴和大家认识，一起学习交流。

站到中国音乐学院这个最高学府的讲台上，心里很忐忑，特别在谢嘉幸老师、丁旭东博士面前，包括大家都是咱们中国音乐学院的高才生，我感到诚惶诚恐。

但是又很高兴，我跟咱们中国音乐学院也有过交往，当年做片子采访过金铁霖教授。后来创作歌曲，咱们学院的吴碧霞老师还唱过我写的歌，前不久还跟旭东博士一起合作，搞口述史《李凌》的片子*。还有当年我们空政第一代江姐的扮演者万馥香，后来也是咱们这儿的教授。我们过去很熟，关系也很好，但是她已经去世多年了。

*《李凌》就是李东才担任艺术顾问，丁旭东总导演，中国音乐学院出品的《大型音乐口述历史文献片——李凌》，该片子的DVD，于2014年出版发行。

*"OK · Go"是成立于芝加哥、主要活动于洛杉矶的一个另类的乐队。这个乐队最大的特色就是活力十足的现场台风以及他们推出的各种各样的、复杂的、稀奇古怪的 MV。

左二为艺术顾问李东才,右三为监制陈钢,右二为总导演编剧丁旭东。

总之跟咱们音乐学院还是有很多的渊源，今天能够跟大家一起来交流也是非常高兴。

我今天讲的题目是《影视编剧艺术漫谈》。

引言:镜头的魅力

我认为,要想当好影视编剧,最好要懂得一些镜头。所以我想先请大家看一个小片,就是"OK · Go"* 的一个新作品。

我希望大家看这个片子的时候,要格外地注意一下它的镜头运用,包括镜头的外部运动、内部运动,推拉摇移,俯仰正侧等等手法,看一下它有什么特点。请放片子。

(片子播放)

我不知道大家注意到没有,这个片子有什么特点?

对,长镜头,一镜到底,所以它很棒。

"腾讯视频"这样介绍这个作品:

> 美国摇滚乐里"OK·Go"再现神级MV,全新单曲*I Won't Let You Down*。它是取景于日本,和其他乐队那样酷炫的高科技MV有所不同,"OK·Go"采用了人海战术,一镜到底。最后的人海拼图滚动出题目以后,当场看呆。

这个片子翻译成中文,意思就是《我不想让你失望》。

我不知道大家看完了以后有没有一种感觉,觉得这个很牛。

*编剧，按照词典的解释有两种，一是编写剧本，二是编写剧本的人。在这篇文章的语境里是编写剧本的人谈剧本编写。

*按照《文艺创作知识辞典》中的说法，编剧最重要的是能用电影思维的方法，对生活进行银幕形象的塑造和概括。值得提醒大家，这本《辞典》的说法特指的是电影编剧；演讲者说的，要比它的范围宽。

这么多场面，通过推拉摇移，各种方式的镜头运动，一镜到底，表现得非常有震撼力。

这是真正地体现了影视艺术的重要手段之一——镜头艺术的魅力。

我将这个作为开头，让大家先感受一下影视艺术本身的特性、特点是什么，然后进入正题。

编剧

今天我们主要是讲编剧*。

影视剧剧本是一种文学形式，是影视戏剧艺术创作的文本基础。在文学领域里面，它是一种独特的文体。在影视戏剧领域里，它是一切影视戏剧创作活动的出发点，是导演和演员以及美术技术各部门二次创作的出发点。

影视剧本是用文字表述和描写未来电影、电视剧的一种文学样式，它为影视导演提供作为工作蓝图的文字材料，导演根据它用画面和音响的摄录和剪辑构成完整的影视片。

所以影视剧本也被称为前电影电视，是影视片创作的基础。

可能咱们有不少同学喜欢影视艺术，也可能甚至自己写过影视剧本，但不同的人对剧本写作有不同的感受*。

我的体会是写影视剧本不同于写小说或者写舞台剧本。

无论是小说还是舞台剧本抑或是影视剧本,都包含主题、人物、情节、结构、情境、语言等要素,但是影视剧本本身有它自身的特点。

我感觉它(影视剧本)的特点有这么几个方面:

特点一,影视是画面和声音相结合的艺术。写影视剧本必须掌握视听语言,要学会用声画结合的方式去讲故事。

特点二,影视是造型和叙事相结合的艺术。写影视剧本必须具备强烈的造型意识,要学会用镜头去讲故事。

特点三,影视是时间和空间相结合的艺术。写影视剧本的人必须具备影视的时空结构意识,要学会用时空的变化去结构剧本。

这就是影视艺术的三个基本特点。

影视艺术与视、听

影视艺术究竟是以视还是以听为主呢?

这个问题自从1927年有声电影*问世以来,就存在着很多争议,到今天还有争议。

比如像法国的著名电影理论家巴赞就认为,不要分什么主要和次要,电

*1927年公映的影片《爵士歌手》是有声电影的开始。有人说,第一部真正的有声电影是1929年才诞生的影片《纽约之光》。显然,演讲者持第一种说法。

影就是一门视听结合的艺术。

可是，世界上另有不少著名的电影理论家却主张，电影是以视觉为主、听觉为辅的艺术。

我自己感觉，在创作当中有的时候它是应该灵活掌握的。

比如在某一个电影当中，常常存在这样的情况，某一个桥段特别突出画面，一句台词都没有；有的桥段，就特别注重台词，就在那儿讲述，照样也能够达到很好的效果。

所以我说，这个不能一概而论，我觉得要在创作中去灵活掌握。

电影与电视剧及电视电影

电影、电视剧和电视电影还是存在许多差别的。

我先讲电影。

电影的定义*也有不同的说法：

有的说电影是每个人的第二个职业；

电影行业是一个制造梦想的行业；

电影是声音与画面的戏剧表达形式；

*按照《中外影视大辞典》的说法，电影是一种特殊的媒介手段。电影越发展对电影的界定就越显得必要。对电影可以从两方面进行界定：媒介性质和接受状态。从媒介性质角度来看，电影是一种用现代科学技术(声、光、电、化、自动控制等)手段全面装配起来的集艺术、审美及大众娱乐功能于一体的媒介手段。电影自诞生以来历经默片(1895~1927)、有声片(1927~1935)以及彩色有声片(1935以后)等发展阶段。与电影发展阶段相对应的是，电影分别被认为是一门没有色彩、没有声音的影像艺术(爱因汉姆)和声画综合艺术或视听综合艺术。在后一种观点中，包含着一个潜在的观点：电影是一门以画面为主的声画综合艺术。近年来，随着对电影声音以及声音与影像关系的深入研究，有人提出了声画平等论：在电影中声音元素与画面元素是没有主次之分的，以此来反对声音依附于画面的观点。这种观点强调，在电影的目前形态中，声音的作用与画面的作用是不可偏废的。编者认为，从媒介制作的角度来说，电影是一种以具有画面性质的连续影像为依托的影像、声音联合体。用抽象一点的话来说，电影就是

电影最令我着迷之处是它用影像的方式讲述故事，从而打开了一个同时属于意识和潜意识的世界。

为什么我们经常把电影叫作梦工厂，就是这个意思，它是造梦的艺术。

每一部影片都是一个充满希望和危险的新生事物——这是好莱坞著名制片人迈克·麦德沃在《飞越好莱坞》* 里说的：

电影是一种视觉媒介，它把一个基本的故事戏剧化了

……

它所打交道的实际上就是图像、画面，一小片和一段好的胶片，一个钟在嘀嗒地走动，一个窗子正在打开，一个人在看，两个家伙在笑，一辆汽车弯道上拐弯，一个电话铃在响，等等。

一个电影剧本就是由画面讲述出来的故事，还包括语言和描述，而这些内容都发生在它的戏剧性结构之中。

这是对于电影比较具象的说法。

基于以上对电影的理解，我们写电影剧本的时候，其实就把剧本想象成一个银屏，因为它所要表现的东西就是电影屏幕上将来能够被观众直接看到和感受到的东西。

随着现代科技发展不断更新武装的、形式多样的系列表象的简称。

*根据“豆瓣”上的网友说：“《飞越好莱坞：迈克·麦德沃的电影人生》是熟悉好莱坞、熟悉好莱坞电影人和电影史的最佳选择。

“当迈克·麦德沃推出《飞越好莱坞》（英文版）时，他已经在好莱坞奋斗了 36 年，参与了三百多部影片的制作。其中，有八部电影荣获奥斯卡最佳影片奖，《飞越疯人院》和《沉默的羔羊》更是在当年一扫包括最佳影片奖在内的五项大奖。而今，迈克·麦德沃制作的最新影片《禁闭岛》甫一面世，便横扫北美票房。

“在《飞越好莱坞：迈克·麦德沃的电影人生》中，这位出生于中国上海的传奇电影人，透过自己的经验和思考，发掘了好莱坞最佳影片背后的故事、明星和导演个人化的一面，深刻剖析了美国电影产业在 40 年间的变化，探讨了如何平衡制片、导演和演员来制作一部好电影，如何通过成功的商业运作将极具思想内涵的电影推向大众，以及如何处理电影业和金融机构的关系，包括好莱坞现在拍摄电影的融资策略与体制，金融机构和电影企业合作时双方的保护策略等。最后还

充满憧憬地展望了电影业在数字化新时代的未来。”

编者推荐有电影学术兴趣的读者可以找来看看。

*据《青年审美手册》介绍，蒙太奇是法文词语 montage 的译音，原意是指建筑上的结构和装配，借用到电影中来，有剪辑和组合之意。电影艺术家史东山解释说蒙太奇：“就是把许多个别的镜头，根据一个总的计划，分别加以处理而把它们组接在一起，使它们提高到比原来个别所有的作用更高的作用。”

另外据《世界电影百科全书》介绍：有两种蒙太奇，即镜头内部蒙太奇和镜头间蒙太奇。

镜头内部蒙太奇是镜头统一的时空表现结构，其表现方法包括配景缩小法、镜头的运用(清晰地表现空间的纵深)、景别(远景、全景、中景、特写、细部)、镜头长度、摄影机的运动、色彩、音响、演员表演手段、影片的布景和音乐处理。镜头结构将所有表现手段统一成新的艺术整体——镜头调度(爱森斯坦语)即蒙太奇系列的一个成分。

镜头间蒙太奇是以构成影片统一的蒙太奇体系的相关内容为基础

另外，对电影内涵的理解还有其他，比如：电影就是映画，是由活动照相术和幻灯放映术结合发展起来的一种现代艺术，是一门可以容纳文学戏剧、影视、摄影、绘画、音乐、舞蹈、文字、雕塑、建筑等多种艺术的综合艺术。但它又具有自己的艺术特征，即蒙太奇特征。蒙太奇是一种艺术性极强的电影组接技巧，它是使电影艺术得以超越其他一切艺术的表现手段*。

关于电影，现在还有一种“互动技术”的说法。

这是一种新的电影潮流。它利用的是新传播方式形成的新视听组织形式，这导致电影与电视、网络等传媒的区分度越来越不明显，同时加速了电影制作数字化的进程。

虽然，中国的数字电影发展和世界的先进国家相比还有很大的差距。但我相信，以现在中国电影的发展态势，要不了多久就能完成关键的变革和技术的飞跃，从技术上走进先进国家的行列。

下面我们来谈谈电视剧。

电视剧，是一种专为在电视荧屏上播映的演剧形式，它兼容电影、戏剧、文学、音乐、舞蹈、绘画、造型艺术等众多因素，是一门综合性很强的艺术。

狭义的电视剧，主要是根据面对面交流的特点和影戏院的结构方式来制作的。

电视剧是一种适应广播电视特点、融合舞台和电影艺术的表现方法而形成的艺术样式，一般分为单本剧*和系列剧*等；从题材上分，电视剧可分为历史剧、古装剧、战争剧、家庭剧、爱情剧、武侠剧等。依据创作风格的不同,电视剧可分为戏剧式电视剧、小说式电视剧、散文式电视剧、报道式电视剧、纪实性电视剧、情节性电视剧、歌舞电视剧等。当然,也有一些电视剧是兼具几类之长,难以明显地归入哪一类。

现在,我们再来介绍一下电视电影。

电视电影,也称为电视影片,它是在电视上播放的电影,通常是由电视台制作,或者由电影公司制作然后卖给电视台播出。

电视电影这种新的影视艺术形式,这几年发展很快,因为它相比电影的大制作是比较经济实惠的,另外操作起来也比较容易一些,所以现在好多地方拍电视电影。

电视电影在国外发展很早,像希区柯克这样的电影大师,最早出名的片子,就是拍的电视电影,如《精神病患者》等。

咱们国家电视电影也有不少,像《劲舞苍穹》《大沙暴》《合同父子》等等。其中《劲舞苍穹》就是由我担任的文学编剧,由我们空政电视艺术中心拍摄,高希希导演的。这部片子获得了"百花奖"。

将许多电影镜头组接在一起。

*电视单本剧，是由一个完整的故事情节所构成，有整个故事的发生、发展、高潮和结局,而且是一次把戏演完。我国的电视单本剧,可以是单本(一集),也可以是两集(上下集),也可以是三集(上、中、下)。从电视单本剧的情节、结构考察,相当于文学作品中的"短篇小说"。

*电视系列剧，是一种分集播出的电视剧。但它与电视连续剧不同,它虽由几个人物贯穿全剧,但故事本身并不连贯，它的每一集都是一个新的、完整的故事,这一集的故事同上一集或下一集的故事没有内容上的必然联系。也就是说,人物保持着连贯性,但每一集的情节都是独立的。观众欣赏电视系列剧,可以连续看,也可以断续看,就是偶尔看一集,也能看得懂。

电视剧本

电视剧本是以文学形式表现未来电视剧目内容的文学式样，又称为电视文学剧本，是所有电视节目的文学基础。

电视剧本的优劣，取决于作者的素养以及对电视节目特性的熟悉程度。这属于电视文学创作的范畴。

电视剧本的创作是电视节目创作、制作的第一步，它的实质就是根据各类节目题材、体裁、风格、式样而为其专门撰写的文字性的“结构框架”。

电视剧本包括成型的文本，比如说电视剧剧本、电视译制片台本、电视专题片剧本、电视分镜头剧本、电视广告片剧本等，另外，也有一些不定型的文本，像新闻特定的计划脚本，等等。

电视剧的特性是什么？由于制作电视剧的物质材料(摄像机和录像磁带，现在是数字化，高清，甚至超高清了)、传播媒介(电视荧屏)，以及欣赏方式(主要是以家庭式为主)等方面的特殊性，使这种艺术形式具有“时代性”“兼容性”“连续性”“多样性”的特性。

电影编剧艺术

要了解电影编剧艺术必须要先搞清电影的本质。我向大家推荐一本书，叫作《电影编剧学》，也许有的同学已经看过了。这是北京电影学院汪流教授的著作，写得非常好。包含了他一以贯之的电影观念，那就是强调电影的造型和叙事的并重，强调电影剧作在电影总的创作流程中的突出位置。这是这本书的重点。

电影编剧的特有的艺术特征就是强调电影造型和叙事的并重，强调电影剧作在电影总的创作流程中的突出位置。

电影造型指的就是画面、声音、场景，包括服、化、道等等都要突出造型感，为塑造形象来服务。叙事说白了就是讲故事，要把故事讲好。

当然现在出了很多乱象，特别是在商业化大潮冲击下，影视运作出现了很大变化，电影编剧的创作权益越来越不被重视，出现了很多乱改剧本，不尊重作者创作权益的现象，有时候，有的片子甚至连编剧的名字都不上，像这种情况是不正常的。

话归正题。有人问，那么多令人眼花缭乱的不同类型电影，那编剧都是怎么编出来的呢？

这是个大问题。简单说来,我们在进行编剧的时候,首先要搞清电影的类型,这是很重要的。因为不同的类型电影有着不同的文本要求。

大致说来,电影类型包括很多,如故事片、新闻片、戏剧片、喜剧片、动作片、科幻片、恐怖片、战争片、惊悚片、奇幻片、悬疑片、灾难片、剧情片、动画片、纪录片、音乐片等等有很多种。

电影的类型片,异象纷呈也构成了独特的艺术景观。

国外不少的类型片可以说长盛不衰,比如说像科幻片、谍战片等等都是突出的代表。我们举几个例子吧,像科幻片,它本身就是在电影情节当中包含了科学奇想。科幻片顾名思义就是科学幻想片,它是以科学幻想为内容的故事片。它的基本特点就是从今天已知的科学原理和科学成就出发,对未来的世界和遥远过去的情景做幻想式的描述,这是科幻片的最主要特点。

科幻片又分很多种。

比如说科幻冒险片,它讲述的是探险旅行的冒险故事。主人公在其中历尽磨难,而观众则阅尽奇观。

还有科幻动作片,它往往喜爱表现一个英雄如何身手不凡。像这类片子大家可能都看过,比如《终结者》《黑衣人》《蝙蝠侠》等等。

还有科幻惊悚片, 一般是讲神秘的危险物体危害到一个小团体的安全,成员一个一个受害,和主人公一样,观众体验着恐怖的氛围和死亡的威胁。

还有科幻史诗片,像《星球大战》系列等等。

还有科幻大片,如将战争演给男人看,将爱情演给女人看的《阿凡达》。

当然以上说的都是主要的，其实要说下去还有很多，如科幻灾难片、科幻喜剧片等。

有一点必须提醒大家的是，科幻片的各种类型的规定不是绝对的，比如说《黑客帝国》，既可以说是科幻史诗片，也可以说是科幻动作片；同样是《黑衣人》，虽然是动作片，但它又充满了喜剧的因素。所以这种影片类型的交叉，又会产生不同的影片类型。

现在我们再来说说谍战片，这也是一种非常受观众追捧的电影类型。

这种类型片子很常见，大家比较熟悉的可能是《007》系列，《谍中谍》系列，《史密斯夫妇》等。

《史密斯夫妇》这个片子不知道大家看过没有？

这个片子是很棒的，被喻为《真实的谎言》与《玫瑰战争》的混合版。该剧讲的就是一对各为其主的杀手夫妻，都是非常厉害的人物，但是都不知道对方真正的身份。他们经过了很多曲折，最后竟然发现自己要下手的对象就是对方。这部片在豆瓣上评价是 7.5 分，说明多数观众对这部片子还是相当认可的。当然，虽然认可，但认可的原因却各有不同。有的人在片中看出了婚姻对抗的宣泄隐喻；有人把它当成荒诞喜剧；更有人说这个片子就是动作加夫妻肥皂剧，要看的就是男主角彼特和女主角朱莉两人的各种性感，等等，的确是一个很好玩的片子。

这些年，咱们国家的谍战片出得也不少，早期的有《羊城暗哨》《秘密图纸》《永不消逝的电波》等；近期的像《潜伏》《暗算》《勇者无敌》等，都是属于这类片子。

随着《潜伏》大获成功,之后的跟风之作也犹如雨后春笋,一直到现在充斥我们荧屏的还有很多所谓的谍战片。

有的手法用得好,也确实有魅力。但也有很多很俗套,用一个打油诗来说就是“特务都是美娇娘,恐怖起来吓得慌,敌我之间恋爱忙,动作枪战齐上场”。

还有一类影片,叫心理电影。

心理电影是伴随着人们对心理的逐步认识逐渐发展起来的。心理疾病的特征和性质极大地刺激了拍电影人的想象力,为日益枯竭的题材来源打开了大门。为垂死挣扎的情节剧注入了新鲜血液,这是好莱坞电影前几年的一个状况。电影人也需要精神疾病作为情节的工具和底色来推动观众对人类自身行为的再认识。

这类片子也有很多,而且在国外一度成了电影的一个非常重要的片种。有两部片子我想给大家说一下,都是非常棒的心理电影。

一部是电影《本能》,这是迈克尔·道格拉斯和莎朗·斯通两个人主演的。这个电影本身阐释人的多种本能,深刻生动,惊心动魄。这个片子的心理看点,主要就是弗洛伊德性与暴力的本能。人类最基本的本能有两类:一类是生的本能,另一类就是死亡本能和攻击本能。

这部片子对这些基本的心理学理论有非常好的阐释:

这个影片就是讲警探尼克尔在调查一位摇滚明星离奇被杀案当中,先后遇见了三位女子，明星的女友凯瑟琳、凯瑟琳的女友罗克西和警察局里的心理医生贝斯。然后他就周旋在这三位女子之中。尼克尔后来发现她们三个人都有谋杀的动机，而更糟糕的是他受到了其中嫌疑最大的凯瑟琳强烈的吸引，自己的生命也受到威胁。后来偶然间他发现这三个人原来是大学同学。到底他们之间有着怎么错综复杂的关系？后来冒险与凯瑟琳上床的尼克尔又会不会成为下一个牺牲者？情节非常曲折复杂，悬念迭出，是非常好的一个影片。

这部影片曾引起美国人巨大的心灵震撼。知识界、评论界都对这部片子给予了很高的评价，当然其中有着诸多的文化原因，但是这部片子对于人类性心理王国的深层探索，却是其获得成功的主要原因。

这是这部片子的特点。

还有一部片子是《沉默的羔羊》，这个片子也是很棒的。

它的心理学的看点就是潜意识、人格分析、变态心理学、易性癖、食人狂。

这部影片讲的是：

一个刚刚受训结束被分配到联邦调查局工作的见习特工克拉丽丝，接受了一项艰巨的任务，寻找并且缉捕一名外号叫“野牛比尔”的变态杀人犯。为了了解凶犯的特殊心理，她前往一所戒备森严的监狱，访问一位曾经名噪一时的精神病专家汉尼拔博士。这个汉尼拔是一位智商极高，思维敏捷并有一些精神变态的中年男子。他有着食人肉的恐怖嗜好。他沉着冷静，知识渊博，而又足智多谋，他要求克拉丽丝说出个人经历以换取他的协助。克拉丽丝为博士的智慧所折服，不由得对他产生了一种既同情又憎恨的奇妙感觉。在多次接触当中，他断断续续给克拉丽丝提供了一些线索。克拉丽丝的导师FBL探员杰克·克劳福德也相信，汉尼拔或许能帮助他们找到“野牛比尔”。于是克拉丽丝和汉尼拔之间就生出了一段扭曲的奇异关系。这帮助她最终获得了与“野牛比尔”正面交锋的机会，也逼得她不得不面对自己心里潜藏已久的黑暗地带。

这部影片被誉为：一部让人惊心动魄的侦破片，一部令人紧张得透不过气来的心理分析片，好莱坞最令人激动的恐怖片之一。

这些片子绝不像那种单纯让人害怕，以吓人为手段、为目的片子。它们是在这种巨大的悬念下面，埋藏着人非常深层心理的东西，所以它们既有观赏价值，同时又有很深刻的思想，这也是这些片子成功的重要原因。

音乐片或戏曲片也是非常受大家欢迎的电影类型。

我国第一部电影就是由丰泰照相馆的老板任庆泰于1905年拍摄的由谭鑫培、俞菊笙主演的京剧《定军山》。这显然是部戏剧电影，更准确地说是部戏剧片段。

不过这也很了不起。因为这部片子任庆泰成了中国电影的开山鼻祖；谭鑫培、俞菊笙并列成为中国最早的电影演员；《定军山》开启了中国电影的一个时代——一个中国人开始自己拍摄电影的时代。此时距离卢米埃尔兄弟放映《火车进站》等电影短片——电影诞生整整10年。

之后，中国又陆续拍摄了许多好的戏曲电影，如《红楼梦》《天仙配》，等等。

在欧美国家,音乐电影也是十分常见的。

《歌剧魅影》就是其中的一部非常棒的影片。

这部片子改编自法国作家勒鲁的同名小说。有人对这部片子这么评述:

> “在巴黎的一家歌剧院里面,怪事频繁地发生。原来的首席女主角险些被砸死,剧院里出现了一个令人毛骨悚然的虚幻的男声。这个男声来自住在剧院地下室迷宫的幽灵,他爱上了女演员克莉丝汀,然后暗中教她唱歌,帮她获得女主角的位置,而克莉丝汀却爱着剧院的经纪人劳尔,由此引起妒忌、追逐、谋杀等一系列情节。这个电影可以说是西洋歌剧艺术与电影艺术完美结合的典范,是最有吸引力的电影。”

不过有没有音乐学习背景对观赏这部片子的感受还是有很大不同的。学音乐的人第一次看《歌剧魅影》往往看的是情节和音乐,第二遍看的是音乐和唱腔,以后则学习其中的发音方式和唱腔。其他的人第一遍看的是情节,第二遍加上欣赏音乐,以后则着重了解影片的主题思想和它与此相关的一些问题。

呵呵!是不是非常有趣?

据我分析这个片子之所以有如此魅力,不仅在于它的情节跌宕起伏,更重要的是主题音乐在其中起了引人入胜的作用:

当影片开头大吊灯飞起来的时候,当魅影出场的时候,主题音乐应势而起。这首主题曲连续半音阶的过门给人一种阴森感,成功营造出一种恐怖的气氛。这个过门在剧中多次伴随魅影出场而响起,造成极大的冲击力,刚好符合魅影阴暗神秘的艺术形象,是主人公标志性的音乐主题。

到最后,魅影强有力的念白和克莉丝汀的飙高音部分,歌曲的情绪得到了最强烈的释放和张扬,音乐的戏剧色彩也被渲染到极致。

在全剧最触动人心的拾玫瑰一幕中,魅影听到了在他脑海中挥之不去的克莉丝汀与劳尔两个人爱的誓言,他心如刀绞,以哭泣的唱腔诅咒二人,这一段将魅影破碎不堪的心境表现得淋漓尽致。

这个影片所表达的主题是爱情,但又不仅是爱情。克莉丝汀与劳尔相爱,魅影深爱着克莉丝汀,而克莉丝汀对魅影却是感激。

最后是世俗决定了克莉丝汀不能爱上魅影, 而魅影认为克莉丝汀是他的,是劳尔抢走了他,这就导致了魅影报复剧院的众人,最终克莉丝汀吻了魅影,吻开了被冰封的心,让他体会到了温暖和爱的力量,最后魅影放弃了。

说了这么多电影类型问题,实际上就是想告诉大家,传统的观点认为编剧,特别是原创性的编剧就是体验生活,提炼生活素材,使生活题材艺术化,并将之变成银幕形象的说法是有局限性的。

这一规律的概括对于故事片或戏剧片等类型的电影剧本写作是适用的。可是对于科幻片、谍战片等许多类型的电影剧本写作则未必适用。

科幻片、谍战片类型的电影往往会彻底突破现实世界的客观限制,成了一个主观化的世界, 一个不再受到理性逻辑、线性逻辑约束的世界,这种影片的剧作者往往不再信奉影片再现现实的真实性原则,而是把影片中的现实视作一种叙述上的“自圆其说”。他要注重的仅仅是电影的文本的真实。

此外,作为一名专业的剧作者,他还必须具有以下四种素养:

一是具有强烈的视觉造型意识,他要用形象直观画面讲述故事。就像苏联著名电影导演普多夫金所言:“编剧必须经常记住这一事实,即他所写的每一句话都要以某种可见的视觉造型的形式出现在银幕上,因此重要的不是他所写的字句本身,而是他的这些字句必须能在外形上表现出来,成为造型的形象。”*

*见《普多夫金论文选集》,第116页。中国电影出版社,1962年版。

二是具有生动的台词写作和场景描写能力。剧本由“台词”和“场景描写”构成。台词是符合人物的性格、身份的语言和符合人物性格发展逻辑以及故事发展情理逻辑的言语,它是叙述故事的主要手段。场景描写同样重要,因为影视艺术更主要的是视觉的艺术。这种描写除了运用文学的各种手段外,还要借用影视的专业术语来完成,如规定景别、角度、镜头的切换等。

三是具备“蒙太奇思维”能力,能够运用这种能力将生活中实在的以及那些想象虚构的画面场景按一定的构思有逻辑性地组接起来。这种能力对于编剧而言非常重要,因为蒙太奇是电影艺术家所掌握的最重要的造成效果的方法之一,因而也是编剧所掌握的最重要的造成效果的方法之一。

四是综合性思维能力。这不仅包括以上三种能力,还包括声画的结合,即听觉因素与视觉因素融合能力,对观众观赏心理的把握能力,完整结构安排剧情的能力,以及对摄影机的位置和运动,场景的剪辑知识的了解等等。

微电影

最后,我再跟大家介绍一下这几年才出现的一种更简便的电影样式叫微电影。

微电影,顾名思义就是微型电影,又称微影,是新世纪快速兴起的电影新类型,具有故事性、观赏性。一般时长从三五分钟到三五十分钟不等。

微电影是微时代——网络时代的电影形式。

微电影之“微”不仅在于微市场,微制作,微投资,更是同传统的大电影相对应,以其短小、精练、灵活的形式风靡于中国互联网。

微电影作为一种新的艺术传播形式,创作不受条条框框的束缚,在短短的时间内拍出每个导演的梦想缩影,每一个有光影梦想的创造者都可以用镜头自由地表达,让思想者思想,呐喊者呐喊,行动者行动,用微影追求梦想。

微电影兴起于草根,各种参差不齐的微电影,来自各种相机、摄像机、摄影机等,创作的主体是草根。

当然也有一些是专业机构拍的,好多专业机构也投入到这里。实际上,它是适应了现代碎片化的生活方式,包括碎片化的时间。它的兴起是件好事,也容易操作,将来大家有兴趣的话,也可以做这方面的尝试。

我刚写了一个微电影剧本，是表现一个当飞行员的爷爷给他的孙女讲他跟她奶奶的故事。我用了一种特殊的表现方式，用四种交谊舞的舞种，来表达他们恋爱生活的四个阶段：第一个阶段是《浪漫的华尔兹》，表现他们非常浪漫的恋爱生活；第二段是《甜蜜的福克斯》，表现他们婚后幸福美满的一段生活；第三段是《繁杂的迪斯科》，表现他们后来生了孩子，家务缠身，各忙事业，导致互相干仗；第四段是《隽永的探戈》，表现他们经过相互协调最终达成一个新的平衡。这个结构，好多人说挺绝的，而且这个构思在舞台上的演出获了好几项奖。现在我又把它改成一个微电影剧本，也正在筹备拍摄。

三人谈

谢嘉幸：前面李老师用简洁的话语介绍了各种类型的影视的编剧知识，让我们对编剧艺术有了一个鸟瞰式的了解。

现在还有点时间，我想就两个问题，我们稍稍展开一下予以讨论。

第一个，电影和电视剧编剧的差异究竟在哪里。

我们知道，随着数字技术的推广普及，电视和电影在画面清晰度方面越

现代家庭影院

来越接近。举例来说吧，高清数字电视20世纪对大家来说还是新鲜的，现在已经走进寻常百姓家。47英寸的大屏幕和环绕立体音响组合而成的“家庭影院”也已经成为富庶之家的必选……这些我们看得见、听得见、摸得着的现实似乎在说，麦克卢汉所说的作为画面不够清晰的“冷媒体”电视时代过去了。如果我们枚举的例子是一种现实，那我们又自然提出一个疑问：现在的电影和电视的编剧还存在差异吗？

丁旭东：的确如谢教授所言，从技术呈现的角度来说，家庭影院的电视和电影之间的差距在缩小。但我们换个角度来看，二者之间依然存在迥异的艺术特性。

比如，从观众观赏的角度来说，电影院观赏是在封闭的、黑暗的空间中进行的，观众对电影信息的接受也是被动的，不能快进、后退、换片，除非你退出影院，当然那也就从观赏中抽离出来了。而电视观看则不同，通常大家是在家庭的房间里，在观者熟悉的环境，舒适、熟悉，通常室内也是有着明亮的光线，不仅仅如此，人们在观看电视的时候并没有像电影院一样受到约束，换句话说，人们还依然存在于生活的场域中，该喝水就喝水，该接电话就接电话，该交谈就交谈……在这种环境中，人是自由的。自由不仅仅体现在生活行动的方面，还体现在观赏方面，具体地说，人和电视之间，人是主人，掌握着遥控器，换句话说，人只要对某一节目产生稍许的审美疲劳，就可能换个频道去寻找自己喜爱的节目了。

从时间的体量来说，电影和电视剧虽然都是时间的艺术，但体量不同。电

*美国影视理论家赫尔曼曾对编剧者如实忠告:“把观众一会儿从现在拉回到过去,一会儿又从过去拉回现实,破坏了结构的连贯性……冲击了观众的视觉注意力。”

影院的电影短的也一般会有一个半小时,长的有2~3小时;而电视剧呢,每一集的时间很少超过1小时,通常在四五十分钟之间,但总的篇幅很大,少则十几集,多则一百多集。

再从画面的面积来说,一般电影院的银幕高十几米、宽二十几米,像中国电影博物馆的IMAX 3D厅的屏幕高21米,宽27米,整体面积567平方米;而电视呢,家庭影院中大荧幕也就100英寸左右,一英寸等于2.54厘米,这是指荧幕的对角线,其与长宽比例按通常5:4:3来计算,长度也就是80英寸,即203厘米(2.03米),宽度为60英寸,即152厘米(1.52米),荧幕面积也就是2.03×1.52厘米,即3平方米左右。两者相比较,电视荧幕大小仅为电影银幕的零头。可见,电视仅相当于一个微缩的电影银屏,当然很难再现电影中千军万马的宏大场景,至少在观赏上无法达到同样的震撼效果。

李东才:丁博士说得很对,电视和电影在艺术呈现和观赏方面存在较大差别,这种差异当然也会体现在编剧中。

比如,电视剧为了增加被选择观看的可能,在单集或单本剧的编剧中都要呈现一个较为完整的故事,但这个故事情节要比电影的情节线索简单许多,如果大量采用电影中常用的“复调”和“倒叙”往往容易破坏剧的连续性,而失去观众;另外,好的电视剧也要力争一开始就尽快进入矛盾纠葛,以便抓住观众的注意力*。

当然,更多的差异还是因画面面积不同而引起的,一般而言,电影注重大场面,讲究构图、造型,注重长远景和中近景特写的快速交替运用,以突显其视觉的冲击力,并会容纳较多的人物,展开复杂的人物关系和多头绪的情节线索以及运用大量的闪回*,但电视剧的编剧不宜体现过于宏大的场景、多线索的情节以及复杂的人物关系,所以,很少有大的布景,每一集的情节较为单一,主题更为集中,人物关系更为简洁,人物角色不太多*,在选择景别和画面的处理上,会尽可能地多用一些中近景,另外结尾具有很强的悬念性,以吸引观众继续观看下一集。

不过,从纵向方面来看,电视剧要比电影的时间容量大许多倍,所以,可以细腻地表现主人公的许多事情,实现对作品情节、内涵和思想的充分表达*。

谢嘉幸:现在我们来讨论一下第二个问题,微电影编剧与传统影视编剧的差别在哪里?

当然,这个问题不是指在"量"方面的差别,就像微电影在放映时间上是微时的(通常在30秒至一刻钟之间),在剧情上是微短的且完整的(具备电影的所有要素:时间、地点、人物、主题、故事情节,等等)。

丁旭东:量变往往裹挟着质变,有时可能表现为非完全质变而是部分的质变。比如时间短、情节少又要完整,这就要求在编剧时不能采取宏大叙事,只能采取微观叙事,通过展现现实生活的一角来反映主题。这种反映,编剧做不好会断章取义、一叶障目,做得好则能够以小见大、一叶知秋。

李东才:赞同。但我还要补充一点,那就是紧凑。

首先,微电影的情节必须紧凑。微电影往往两三个镜头一交代,就进入了

*闪回就是指在时间为"当下"的人物在思想活动时"回忆"起时间为"过去"的事件。比如说,我们看到人物在回忆的时候,回忆的片段被处理成灰色的那一段就是关于过去的影像,这种手法就叫闪回。

*美国影视理论家希里尔德就认为:电视剧所能容纳的人数,以三四人,或者是二三人为好(指主要人物)。群众场面至多也不要超过十人。

*莫言的《红高粱》从电影银屏搬上电视荧屏,他曾深有体会地说:"电视剧《红高粱》与1987年拍摄的电影不同,电影受时间等方面的约束,不能全面细致地刻画故事的情节与人物的内涵。但是电视剧可以通过细节的演绎来全面表达故事的思想与内涵。"

影片的主题，然后迅速推进剧情，将主人公迅速且不断地推进矛盾的境遇，即必须解决又难以解决的矛盾中，然后就是“突转”，柳暗花明或者留下希望，从而揭示主题——将内涵与寓意留给观众，然后结束。这方面比较典型的微电影很多，有兴趣的同学可以去看看由陈正道导演、罗志祥、杨丞琳主演的《再一次，心跳》。不过，这个电影有个更贴切的名称就是网络剧，从广义上说，是微电影的范畴。另外，还有一部由施涛导演的家庭伦理片《等你一声妈》，也是不错的影片。

其次，微电影中的人物台词必须紧凑，就是要简洁短小，不容废言。好的微电影一定是惜言如金的，每一句话都要体现人物的强烈个性、推动剧情发展。当然，在微电影中许多时候可能会将台词紧凑到极致，就是没有一句台词，仅仅靠动作和画面来完成整部片子，如莫文蔚给某品牌拍摄的广告微电影《66 号公路》，整个影片不到 3 分钟时间，只有短短的 12 句话，而且是“你的梦想是什么”“你呢”这样的话；再如张艺谋为庆祝戛纳电影节 60 周年而拍摄的 3 分钟的微电影《看电影》，整个片子没有一句完整的台词，却表现了乡村电影放映员和村姑之间的懵懂情感，孩子们对电影的热情和好奇，甚至中国皮影戏的文化元素。

当然，“紧凑”仅仅说明了微电影编剧的外部特点，其内在要求就是要有完整的戏剧表达。这就像画家速写一样，寥寥数笔你都要将物的轮廓和内心的感受表现出来。不过不好的微电影因为编剧的功力欠缺，往往难以表达出这种艺术的意境，所以，我宁愿称之为“微视频”而不是微电影。

谢嘉幸:时间过得真快,转眼就到了说再见的时候,今天可惜没有留给大家提问的时间,那我们就只好在下次的"三人谈"中弥补这一遗憾了。

我们今天的音乐纵横三人谈就谈到这里,谢谢李老师,谢谢大家。

编后微评:

今天的讲座没有太多可"指手画脚"的地方,因为它的内容就是各类影视编剧艺术鸟瞰。听听,长长知识,不错,你们说呢?

导演篇

导演,最初的意思来自法语“regie”,即对收入进行管理的意思;18 世纪引入德语,是演艺指挥(Spielleitung)的意思;19 世纪,英文导演“direct”才正式出现,意思是指“一切舞台表演手段”的调度。

导演有两种意思。一是根据剧本进行艺术构思, 组织和指导排练或拍摄(direct);二是担任导演工作的人(director)。

在影视艺术创作中,导演作为一种工作职务称谓,是影视剧创作的领导者和组织者,是中枢指挥。一部片子的完成,要依靠编剧、导演、演员、摄影、录音、美工、服装、道具、化妆等创作人员通力合作。导演则是以影视文学剧本为基础进行总体艺术构思,编写分镜头剧本和导演阐述(包括对未来影片主题意念的把握,人物的描写,场面的调度,以及时空结构、声画造型和艺术样式的确定等),会同摄影师、美工师等创作人员决定影片的造型处理,挑选演员,统一摄制组全体创作人员的创作意图,确定影片的拍摄计划,领导现场拍摄和各项后期工作,直至影片全部完工。多数情况,特别是在电影创作中,导演属于绝对中心地位,一部影片的质量,在很大程度上取决于导演的素质与修养;一部影片的风格,也往往体现了导演的艺术风格。

田壮壮：做人，做电影，做音乐，做艺术及其他

田壮壮，1982年毕业于北京电影学院导演系，1978年至2002年为北京电影制片厂导演。与陈凯歌、张艺谋等并称为中国第五代导演。2002年回母校北京电影学院执教，担任导演系研究生导师、系主任；同时开启人生第二个创作高峰阶段，包括：向大师致敬的"临摹"之作《小城之春》，以他深深热爱的云南土地和云南人为主题的《德拉姆》及梦想、计划了多年的《吴清源》和《狼灾记》等。荣获第五十九届威尼斯国际电影节圣马可最佳影片奖，第三届华语电影传媒大奖最佳导演奖，第一届中国电影导演协会最佳导演奖，第五届华语电影传媒大奖最佳影片奖、最佳导演奖，第十届上海国际电影节最佳导演奖。

讲座导读：

听田壮壮导演演讲，我有三个感觉：流畅、平实、深刻。流畅，他的话就像一眼清泉，汩汩流淌，剪不断，理不乱。平实，他就像一位慈爱的长辈，说给你的话语不事雕琢，但句句都说到你的心坎上。他犹如一位年长的智者站你的面前，在你百思不解的时候，一句话让你的心境豁然开朗。比如，他说，做艺术是让他最受益的东西，因为一生当中都会有它的陪伴，不再寂寞孤独。“艺术作品里最重要的是什么？它没有好坏对错之分，而是要有一个意境”“在艺术院校里，老师最大的责任就是教你认知，一个是为人的认知，一个是为艺的认知”“一部好的作品可能开始时你觉得它还不是特别美，但是它可能打动你、感染你，随着时间你又去看，又去想，慢慢地它真的成了一个特别了不起的作品”，等等。

好，现在我们正式开谈，有请田导演和今天的对话嘉宾瞿小松教授、谢嘉幸教授。

我在(北京)电影学院待了十年,明年就该退休了。我们这批进电影学院的人,实际上是很难复制的一群人,因为是从小在杂草堆里长大的一群人,是随着整个社会的发展成长起来的一群人,就像打不死的小强,有一种坚定不移的信念,并且义无反顾地往下走。至于我,今天要说的是电影和音乐,这两件事儿。

关于艺术

这两件事都关涉到一个概念名词,就是艺术 *。

艺术都是"无中生有"的东西,是一种创造和想象,然后人们给它赋予成一种有形、有象的东西去感动人,去打动人,让你觉得在冥冥之中有一种东西牵引着你走。

电影刚出来的时候是哑巴,是没有声音的。那个时候,无声电影似乎让人很不舒服,电影院就找个小提琴,或者其他一些乐器去即兴演奏,慢慢地有调式的音乐也加入进来,电影和音乐就逐渐走在了一起。然后电影中就出现了声音,有了对白和音乐,到现在有了数字,所有的东西都变得那么强势,那么锐利 *。

我曾经在电影院调查过,有 70%的人认为有声音特别过瘾,可能电影院

*艺术,即运用特定的物质手段,按照美的规律,塑造典型的艺术形象,反映社会生活,表达艺术家思想情感的一种特殊的社会意识形态。

一切艺术都是一定的社会生活在人们头脑中反映的产物。艺术来源于社会生活,社会生活是艺术的唯一源泉。但艺术反映社会生活不是被动的、机械的、自然主义的,而是积极的、能动的、创造性的,是人类物态化的审美创造。

根据不同的角度和标准,艺术可有各种不同的分类:按艺术形象存在和运动的方式,可将艺术分为时间艺术、空间艺术和时空综合艺术;按审美主体对对象的感知方式,可将艺术分为视觉艺术、听觉艺术和综合艺术;按艺术作品存在的状态,可将艺术分为静态艺术、动态艺术和想象艺术;按艺术作品反映现实生活的侧重面,可将艺术分为再现艺术和表现艺术等。当前,我国较流行的则是以艺术作品使用的物质媒介和表现手段来进行分类,将艺术分为语言艺术(诗歌、小说、散文、剧本)、实用艺术(建筑、工艺美术、书法)、表情艺术(音乐、舞蹈)、造型艺术(绘画、雕塑、摄影)、综合艺术(戏剧、戏曲、电影、电视)五

数字的音响更容易打动人。我不知道有些东西未来还会是什么样,我也不知道这些东西对人究竟是好还是坏。但我总觉得这些都不重要,无论在电影学院还是音乐学院,其实大家都是在学一技之长。这些有可能养活你,有可能也养活不了你,有可能让你成为一个艺术家,也有可能就是一种将你附庸在某一工作环境中做具体事情的载体。

我觉得艺术没有什么高低贵贱之分,关键是你自己心里喜欢的是哪个东西,从你上学,一直到你最终离开这个世界,你是否喜欢它,是否爱它,它是否还在你的心里,你是否一直与它相依为命。

电影和我

当我一听说有好的电影,一跟某个拍电影的人聊天,就会觉得特别过瘾,当看到好的电影,它就会让我在突然间变得亢奋,特别如饥似渴地去追求。

我觉得这是让我们最受益的东西,因为一生当中都会有这么一个东西的陪伴,我们不会寂寞孤独,至少在男朋友跑了,女朋友吹了,或者在其他什么事情的处理上,我们可以有一个空间包容着自己,收纳着自己。

其实越到老了,挚爱的感情越强烈。前段时间我去香港开了一个会,跟一个电影人聊天,他为我推荐了一部电影《生命之树》*,我第二天就赶了一个早

大类,但也有将建筑、工艺美术、书法归为造型艺术,或将书法放在表情艺术一类的。

*电影自诞生以来历经默片 (1895~1927)、有声片(1927~1935)以及彩色有声片(1935 以后)等发展阶段。与电影发展阶段相应的是,电影分别被认为是一门没有色彩、没有声音的影像艺术(爱因汉姆)和声画综合艺术或视听综合艺术。在后一种观点中,包含着一个潜在的观点:电影是一门以画面为主的声画综合艺术。近年来,随着对于电影声音以及声音与影像关系的深入研究,有人提出了声画平等论:在电影中声音元素与画面元素是没有主次之分的,以此来反对声音依靠于画面的观点。这种观点强调,在电影的目前形态中,声音的作用与画面的作用是不可偏废的。

*《生命之树》由泰伦斯·马力克导演。故事开始于一个 20 世纪 50 年代,生活在美国中西部的家庭,电影跟随着大儿子杰克的生命展开,穿过其无辜天真的童年到幻灭的成人时代。

西恩·潘饰演的杰克出生于美国中西部,父亲奥布莱恩是一个颇为守旧的农民, 经常强调要以自己为中心,去做一个纯爷们真汉子,而母亲

场去观影。看完以后，确实兴奋了一整天，不停地在想那电影，那音乐，那表演，那剧本。

谢嘉幸：田老师的电影艺术追求，有一种返璞归真的味道。电影和音乐结合起来，对人的感染力非常强。在生活中，能留下来的音乐很多是跟电影相关的，能打动人的电影也跟音乐有关系。

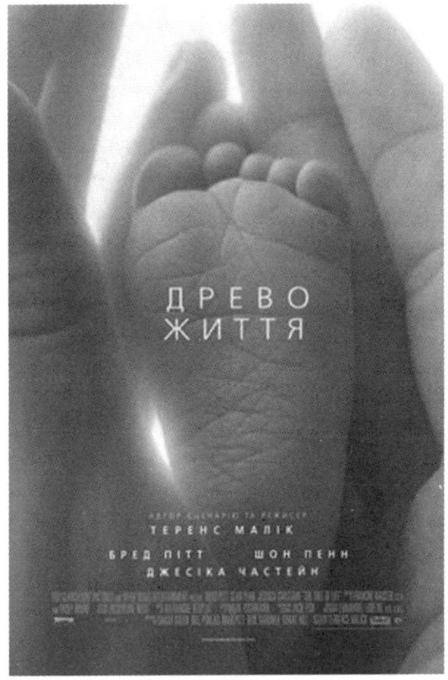

则是温柔又感性。杰克就在双亲不同的教育中长大成人，渐渐疲惫了现代都市生活的杰克突然发现自己已经迷失了。最终是父母的教育让他明白了，生命的真谛就在于家庭之中。

瞿小松：我曾经听说有一个高僧在西方传法，下面坐着很多人，在传讲佛教的过程中，他用英文讲："你们在座的肯定有基督教教徒、犹太教教徒，请你们站起来。"立刻有一些人就站起来了，他就微笑说："你们请坐下，你们是最受欢迎的一群人，但是我对你们有一个请求，就是今天在你们离开这个房间以后，我请求你们不要改变你们的信仰，在这么多的人群当中，能够有信仰是十分重要的。"田老师讲出的信仰就是一生为伴的东西，无论是音乐也好电影也好。

*紫云英又名翘摇，红花草，草子，原产中国。喜温暖湿润条件，有一定耐寒能力。主根较肥大，侧根入土较浅，茎呈圆柱形，中空，柔嫩多汁，有疏茸毛。叶多数为奇数羽状复叶，花为伞形花序，一般腋生，少顶生，荚果两列，联合成三角形，种子肾状，种皮光滑，根、全草和种子可入药，有祛风明目，健脾益气，解毒止痛之效。是中国主要蜜源植物之一。

我的电影之路

田壮壮：我学电影其实挺简单的，知道我履历的人可能都知道，我们全家都做电影。

从小在我的印象中，父母从来没有给我说过电影的事，也从来没有期待我去从事电影或者导演工作。

父母可能觉得电影在中国是一个意识形态领域，他们已经做了一生了，挺难的，还是希望儿子不要做。

可是我觉得人是有宿命的。

"文革"的时候，我当了"狗仔"被抓了起来，慢慢就变成一个特别渴望自由的一个人，后来我插队去农村当兵，复员回来学的还是电影。

后来，莫名其妙地当了摄影助理，我甚至不知道这个摄影是干吗的，每天就是擦机器。

突然有一天师傅就跟我说，你拍一段吧。那是一部在农村拍摄的科教片，我的任务是拍紫云英*，那是我第一次拍东西。

紫云英种在水稻田里，春天的时候会开一片花，小小的特别漂亮，然后，把它天翻地覆地翻一次放到最黑的泥里，田里长出我们吃的庄稼。那是我第一次从摄影机后面看到这样的景象，大为震撼，那一刹那，我觉得这辈子不做电影是不太可能的了。

我是在电影厂长大的，我知道电影厂里最不干活的就是导演，所有人都在忙碌，只有导演总是坐在椅子上。所以考电影学院时我想考摄影系，人家说我年龄大了只能读导演系，因此我阴错阳差选了电影导演系。

现在每当我看到好的电影，我就觉得选错行了。有那么多优秀的电影导演，拍出来那么多精彩的电影，我自己根本不是一个做电影的人。

可能我大多时间很少拍电影，或者拍的更多的是小电影，但我觉得只要能在电影圈子里混，我就觉得很开心了，即使我自己不拍电影也没关系，这可不是一句特别谦虚的话。我不拍电影去看别人拍电影的时候心里也很难过，但是我觉得我能忍受这个，因为既然我在年轻时能得到长辈的帮助，那我现在为什么不能去帮助那些需要帮助的年轻人呢？

其实无论电影音乐还是其他任何一个艺术门类，年轻人永远需要担当最主要的角色，就是我没有必要把自己看得太重。所以，现在我特别希望自己能帮助年轻人，给他们更多做事的空间，而不是天天讲电影，聊电影。

我的电影艺术观

年轻的时候，我对任何章法都不看在眼里，创作里充满了血气方刚的东西,充满了一吐为快的东西,那种东西可能有很多缺点,但一定是美好的。

后来,上了年纪,经过很多事,就希望把自己做的东西升华成一个完美的作品,少了那种青春朝气,少了那种毛楂,但是留下了更多让人们去思考、去认识的内容。就是今天看完了以后,明天还可以看,后天也可以看,也可以不用一次看完。你可以慢慢去感受这里面的东西,你可以从中体味创作者历经沧桑后对岁月的态度和对生命的认可。

艺术作品里最重要的是什么?

它没有好坏对错之分,而是要有一个意境。

选取怎么样的度,这个可能是最难的。像我在看别人拍摄时,我就不敢说你这个拍得不对吧,因为这样没有道理。我只能跟他说,你可以尝试一下,这样拍或那样拍会更好一点,你来选择一个更好的、更舒服一点的。

我觉得这就是创作。

黑泽明*晚年的那些电影我特别喜欢,有一些是太难得的。

瞿小松:刚才田老师讲自己其实并不懂电影,让我想到这样一句话,“不是

*黑泽明,日本电影编剧,导演,监制人。1910年生于日本东京都荏原郡。

1934年,26岁的黑泽明进入PCL电影公司，师从山本嘉次郎学习导演和编剧;1936年发表首篇剧本《达摩寺里的德国人》;1943年首次独自执导处女作《姿三四郎》;1951年,凭借《罗生门》在威尼斯影展上获得金狮奖,成为金狮奖历史上第一位亚洲人;1954年执导的第一部真正加入西片趣味的时代剧《七武士》受到广泛关注,后被美国导演约翰·斯特奇斯重拍;1975年执导的日俄合资电影《德苏乌扎啦》获莫斯科影展金牌奖和奥斯卡最佳外语片金奖。1990年,在第62届奥斯卡颁奖礼上获得终身成就奖。

1995年,黑泽明已经85岁高龄，仍雄心勃勃要创作，因意外摔伤而暂别自己心爱的事业。

1998年9月6日下午,黑泽明在东京逝世,享年88岁。

个性是天性”。

我记得在美国好莱坞的一个颁奖礼上，组委会把一个终身成就奖颁给了黑泽明。黑泽明上台讲的第一句话就是：“我感觉我越来越不懂电影。”我不觉得他那是一句谦虚的话，因为那是一个时代跟另一个时代非常深入的碰撞。

日本导演黑泽明(1910~1998)

我还举一个例子，比如贝多芬每次创作完曲子都不是很放心，因为他进入了一个更深的层次，这既不是谦虚也不是傲慢，而是一种很实在的状态。

另外我还想说，田老师用了很多时间去支持那些年轻的导演，比如陆川等。

田壮壮：其实没有很多物质上的支持。

瞿小松：我知道，但是精神上的支持对他们更重要。

比如说，有一次陆川在拍一部戏快撑不下去的时候，就打电话给田老师，田老师马上就赶过去了，这种精神上的支持比财物上的支撑更重要。就像田老师刚才讲的一点，他在支持这些年轻导演的时候，不那么看重自己。

其实这样的人生会少很多烦恼，心也会开阔得多。

关于电影专业教育

田壮壮：我在电影学院到今年正好十年，一直觉得教学上还存在点问题，电影学院的其他专业，比如摄影，比如录音，比如美术，会有一个度量方式，就是它们都会有一套自己的技术体系，但导演却没有自己的一个检测体系，验收导演是一件挺麻烦的事。

按理说，导演学也是一门很厚重的学科，一个导演系学生如果毕业后五年左右能当上导演，我就觉得已经很幸运了。

我始终觉得可能在艺术院校里，老师最大的责任就是教你认知，一个是为人的认知，一个是为艺的认知，就这么两样。

为人其实很难，人在做创作，做文化，本身担着一个责任。因为这不是一个自己的东西，而是一个要传播的思想，这个传播有你自己的世界观、价值观在里面，这要有一个认知方法，就是你学这个东西的基本手段和方式。

所以我觉得给学生们一些方法是挺重要的。

在创作中，我们常常会有困惑。困惑无非就是两种，一种是技术上的选择，一种是方向上的选择。

所以，好的老师会教给学生方法，让他们做出正确的选择，走出自己的困惑。

关于导演人才成长

一般来说,从写剧本、拍摄短片到作品被确认,年龄大概得 30 岁。

而现实中却少有达到这种理想状态的。大家想, 如果不是他爸爸有钱的话,不可能把这几百万上千万的资金交给一个 20 多岁的孩子去处理,实际上这让人家挺难选择的。

当然,选择了就是我相信他有才华。

当一个人创作多起来的时候,我们常常会讲他的艺术成熟。

实际上,刚开始的时候我们没有办法来评价这个东西好不好。

如果非要找个标准来衡量,就是金钱和时间,对艺术而言,时间更为重要。

时间越长,这个东西就越有价值。

举个例子说, 琼瑶阿姨的小说曾经一年在中国卖 3000 万册或者 1 亿册,但现在,可能你们在座的各位没有人看琼瑶的小说了。

但像沈从文他们的小说,可能每年都卖得不多,但已经卖了许多年了。

有价值跟没有价值的衡量方法除了钱以外,就是时间。

评价一部电影的价值要看它能否被时间记住,比如说能不能进入电影史,能不能被博物馆收藏。

拿我自己来说，如果我死了三十年、五十年，人们谈中国电影的时候有一部电影是我拍的，它就带着我的生命还在时空里行走，即使那个时候我不在这个世界上了，我也会挺高兴的，因为毕竟给人们留了点有价值的东西，这是我生存的价值观的一种形式。

我不要求大家都这么去想，但我们这代的“小强”一定会这么想。

如何学好艺术，我认为最重要的是感受。

比如，艺术创造最重要的就是把握虚和实的度，如何把握这个度，要自己感受才行。

绘画也一样。我们老说国画要留白，到底留多少，这个度要自己体会才行。

当然音乐也是同样，比如声乐老师讲这个呼吸，实际上也是要自己感受的。没有感受，知道得再多也解决不了问题。

我个人的学习经验也是如此。

我中间有六年没上学，数理化很多重要的知识都没学过。我怎么学习？那就是感受。

我的感受办法是行走。我喜欢到处跑，那样能够看到很多东西很多人。

对此，我总是跟老师们讲，不要总给学生说教，不要认为你喜欢的电影学生也应该喜欢，这真的是很无聊的一件事，误人子弟不能这么狠地误。总得给人一点空间，没事儿让孩子们出去玩玩，谈谈恋爱，受点挫折，这个挺重要的。

实际上，对于一个人才的成长来说，老师只能告诉方法，剩下的只有自己去感受。

我再讲一个我自己的例子。

GX是一个大作曲家,他帮我写我电影的音乐。

我哥哥是搞录音的,有次我们两个一起吃饭,他就跟我讲,GX 看完我的这个片子,跟乐队讲的时候热泪盈眶。他的这首曲子写得特别好听。

我当时听了,心里就咯噔一下,我说这音乐要是特别好听,搁到电影里头就有点用力过猛了。

我知道这个音乐肯定写得不错,但肯定不适合我这个电影,因为它是独立的。

后来,我拿到那个电影音乐的时候我真的就傻了,花了好多钱也是白费,最后我就跟制片说,你把它偷偷搁到其他地方吧,跟谁也别说,就说找不到了。

真的不是他的音乐不好,但是这两个东西放不到一起去。

后来一个朋友看我穷困潦倒,就给了我两万块钱,说看看有没有可能在日本找个人帮我做音乐,我当时觉得这个事挺天方夜谭的。

偶然的机会,我去了日本,有个朋友介绍了一个玩摇滚的人,高高的个子。他听不懂中文,也没有翻译,我对他说:“你凑合着看我的片子,音乐想写就写,要不想写也没关系,我就付得起两万块钱。”

第二天,他就来了,拿着带子让我听。当时我就觉得就是这个音乐了,确实对路了。

你看，一个日本人，一个看不懂中国电影的人，他能悟出来一些东西，真的挺厉害的。

所以说，要做好艺术就要培养自己的感受力，就要自己去感受，别的什么也替代不了。

我看电影的选择

我看东西不博览，家里有上万张碟子都没撕开，但是好电影会不停地看，因为我觉得每次看都会发现很多很有趣的东西。

下面我介绍一位我最喜欢的导演。

库斯图里卡*，南斯拉夫人，很多电影都得过奖，像《爸爸出差》《地下》《黑猫白猫》等，还有一些短片。

这个人其实是一个很爱玩音乐的人，平常都在瑞典写音乐，业余时间拍电影。他得过两次戛纳奖后，美国的一个老板就请他去拍戏，据说拍出的电影不让放映，最后

埃米尔·库斯图里卡，生于1954年，被评论界誉为“天才导演”。

*埃米尔·库斯图里卡，1954年11月24日生于南斯拉夫，南斯拉夫导演，被评论界和影迷誉为“天才导演”，他的几乎每部影片都能获得奖项。2004年的浪漫喜剧《生活是奇迹》(Zivot je cudo, 2004)在法国恺撒电影评奖中获最佳欧洲影片奖。

库斯图里卡的作品具有吉卜赛的热情和疯狂，偏爱描绘世界的残酷、生活的颠簸，却绝不放弃乐观与感性，会导致又哭又笑、情绪失控的状态。他用喜剧的形式带给银幕前的观众纯真的美好。库斯图里卡电影的理论是狂欢理论，他的电影里没有安静，影片结构严谨，节奏紧凑，情节丰富至极。

库斯图里卡是一个很懂音乐的导演，而且他本人就是一个音乐人，他有自己的乐团“No Smoking”。在对音乐以及声音的运用上，他有自己的独到之处，形成了自成一派的音乐风格，他的音乐被很个性地运用在影片当中。

他就出了碟。

《亚利桑那之梦》,就是写梦的,有他自己的感受,有美国人的东西在里面,也有欧洲人的东西在里面,复杂曲折,有点黑色,特别风趣,特别过瘾。

这个片子,可能很多同学都没看过,但是,我看了十几遍。

库斯图里卡的电影对我来说,即使不是每一部,至少也是大多数,在我困惑的时候,看他的电影会受到启迪,走出困惑。

三人谈

拍摄电影的"小插曲"

瞿小松：我自己想问几个问题，记得咱们合作过一部戏，拍的是蒙古族的人，开始的时候，你好像还犹豫，但最后坚定地把它拍了出来。

我们的问题是，你为什么会拍这个民族，为什么犹豫，又是什么原因让你下定了决心？

田壮壮：这个问题有点刨祖坟的意思。

其实，我觉得我们这代人，从许多社会风雨中走过来以后，喜欢思考，有责任感，认为对一些事情有必要进行一种表达。

至于少数民族的东西，我感觉就像寓言一样，既可以表达他们自己的东西，又可以表达我的意愿。

后来因为各种原因一度中断了这个片子的拍摄。

那个时候我觉得,你爱它,它不爱你,算了。

但是在创作里面,他们(蒙古族)确确实实是有他们的东西。

当然,没有拍下去的根本原因是我一直不知道怎么拍这部电影。

这部电影编剧写的是一个狩猎的故事,发生在内蒙古,起初对我来说,感觉还是比较陌生的。

后来我跟他们台长提出了一个请求,就是给我一台摄像机、两个制片、两个摄影师。我们不用钱,但要送我们去草原上住半个月,去感受一下草原是什么样的,我才敢拍。

后来我们就去了科尔沁*,住在他们的毡包里头。

科尔沁是个特别美丽的草原,有非常柔和的丘陵,每天晚上都能听到不同的歌声、不同的故事。

有天早上我从毡包里出来,天还黑着,隐约看到远处山上有一个做路标的石堆子。我就往那里走,走到半路的时候发现日出了,草原变得金光灿灿,我的影子斜斜地投射在丘陵上。一回头,看到一大片毡包全点上了炊烟,牛啊,羊啊,都出来了,牧民开始歌唱,各种声音就传了过来,鸡叫,犬吠,还有长长的影子,当时真的觉得眼睛湿润了。我就想,这可能就

地域辽阔、风景优美的科尔沁草原

*科尔沁是著名的蒙古族地域文化——科尔沁文化的发祥地,历史上科尔沁草原是成吉思汗之弟哈萨尔的领地。蒙古语中,科尔沁的意思是"造弓箭者"的意思。科尔沁草原是中国四大草原之一,地处内蒙古东部,大兴安岭南坡,松辽平原西端,西与锡林郭勒草原相接,北邻呼伦贝尔草原,地域辽阔,风景优美。

是我想拍的东西,这才是真正的生活,生活里透出来的和美气息,甚至可以闻到味道。

我当时跟摄制组规定,每天只拍日出和黄昏,平常不拍,结果我们每天早上四点钟起床,拍戏,拍到九点钟收工,下午三点进现场,等到五点半拍日落,一直就这么拍,非常漂亮,现在想想可能有点极端了。就像我刚才讲的,有些年轻人的电影可能没有章法,但会对美有着执着追求。

我感动的是蒙古狩猎的规则。

他们把猎物圈到一块洼地,母的和小的动物必须放掉,猎物人人有份,家里没有人来打猎的也有一份,这就是打猎的一个规则。

牧场就完全不是这样了,人和人,人和牛羊,人和草原,都是那么息息相通、融洽和谐!

至此,我感受到了草原,感受到了它的生命,感受到了它的文化气息,于是,就扛起了摄像机。

顺便说一下,在这个作品中,我觉得最后那段音乐,小松老师做得特别好。

这段音乐是他自己哼唱出来的,也是我一直想要的。

瞿小松:刚才田老师讲在草原上前行,看到太阳出来的景象,让我一下就感动了。

我想到我在纽约的时候,有一个摄影家经常拍草和石头,一次要几个小时,他一定要等到感觉草的状态最到位的时候再去捕捉镜头,他仿佛能感觉草在跟他说话。

还有个美国作曲家,他当时在纽约学作曲。大家要知道,美国的东部很看重德国的作曲,德国或奥地利很看重音高的主次,也就是说如何组织这些音的问题。他的老师就跟他讲,音乐是要发展的,而这个作曲家说,他感觉没有这个必要。他后来讲,他写音乐的时候,不是安排音乐往哪儿走,而是听它们告诉他,它们自己要去哪儿。

谢嘉幸:就是这样,做艺术只要把生命本质的东西交代出来了,就会打动人。

现场问答
音乐与影像的对位问题

问:我有个问题请教一下。音乐有复调对位,电影也有声音和画面的对位问题,您是怎么看待或处理这一问题的?

田壮壮:以前,我们编片子的时候,会告诉作曲(者)我们对音乐的基本要求,比如时间为两分钟等。

这是以前的传统。

现在呢,作曲者还没写音乐的时候,剪辑师会先找一段音乐套上,这段音乐是跟导演拍的戏有关系的,至少情绪是接近的。他们先把这种音乐找来,作为剪片子的依据。

其实现在除了商业化电影要求动作、情节和音乐之间需要严格匹配外,我认为大多数的影片中音乐不需要和影像很严格地对位,用不着。最重要的是情绪(要吻合)。

比如说小松老师,我跟他合作时,不知道是他懒,还是什么原因,他总是说,“这段(影片)好像用不上音乐了,这段不要了”“我觉得现在的那段声音挺好的,不用再写音乐了”。

现在回头再看这些电影的时候,我也忘了那时候是想让他在哪儿加音乐,但就觉得他是对的。

小松在声音方面比我敏感得多,当看(成品)的时候,就会觉得(他的判断很准确),那段片子没有音乐也挺好的。

问:我是从云南来的,所以我特别喜欢看关于我们那儿的片子。最近我发现有一个片子叫《玉龙雪山》,去年获得了上海的最佳音乐奖。

后来我仔细研究了这个片子,发现前面大部分都像纪录片似的,作曲家的音乐只有将近两分钟,我不太清楚,为什么这个音乐放在这里就非常合适。您怎么看待这个问题?

田壮壮:《玉龙雪山》我没看过,音乐我还真不知道,但是我觉得,如果你觉得某一段音乐很打动你,或者你觉得它很恰如其分地生根在这个片子里了,那我觉得这个奖给得也不为过。

我下面讲个故事。

马丁是我的忘年交,他的人生经历有点儿传奇。他有个电影我特别喜欢,是个黑白片。

马丁当时拍这个电影的时候，生活有一点儿糜烂，离了两次婚，欠了一屁股债。

他是意大利的后裔。意大利那边就派人规劝他离开美国，去意大利拍宗教电影。

马丁说他当时已经山穷水尽了，他想再拍一部电影，看看能不能继续坚持在好莱坞做影片，如果还不行，就回意大利。

于是他就回去把自己的房子抵押了，和女朋友们也都吹了，发誓一定要做一部好电影。

他每天晚上出去找题材。

偶然的一天，他在酒吧里遇到了一个拳击师，有了灵感。

这部电影拍完以后，他就找到英国拍《红舞鞋》的导演，是他最喜欢的一位导演，想让他看看自己的作品。

这位导演老头看完他的电影说了一句话："你这个电影一点也不棒，这一段他的爱情回忆应该是有彩色的*。"就是说，音乐跟电影之间是要有搭配的，刚才这个音乐搭上这个电影只有黑白，是为了艺术的整体性，从而展现出最完美的东西。

所以，我们在写东西的时候，经常尽可能把一个东西梳理到最简约而又最有力量。这当然需要把握一个度，你是否能够准确掌握，关键是看平日的积累了。

*在文学艺术中有一种审美表达方式叫通觉，亦称联觉，就是指从感知、表象到意象形成过程中的各种感觉挪移、转化、渗透的心理现象。钱锺书先生对通感做过很好的说明："在日常经验里，视觉、听觉、触觉、嗅觉、味觉往往可以彼此打动或交通，眼、耳、舌、鼻、身各个官能的领域可以不分界限。颜色似乎会有温度，声音似乎会有形象，冷暖似乎会有重量，气味似乎会有锋芒。"由此，我们即使没有看过马丁导演的影片，也可以推测出这个片子在表现爱情的时候，可能过于理性或单纯了。英国老导演的建议就是要把爱情表达得丰富起来，五味杂陈才有味道，有色彩。

关于电影配乐

问:什么是好的电影音乐?如何为电影配乐?

田壮壮:今天没时间放映了,我这儿还有一个美国拍的电影,导演一直跟一个作曲(者)合作,两个人一块儿混大的。这个作曲(者)的作曲有特点,就是每次作曲都选一样他认为最符合影片情绪的乐器。

所以,说影视作曲,不能单说音乐,那是音乐家的事。作曲跟影视一起配合,那就是一个团队内部的合作。

一般来说,音乐人是否能跟导演沟通,取决于导演对音乐的态度,就是说他对音乐的一个认知能力。

比如说,小松是一个高手,遇上我这么一个庸才,然后小松说只能写三段,然而我写了四段,那最后一段怎么办?就重复或者留白。

到底音乐怎么样,我也听不懂,但是我感觉整体情绪是对的,影片效果是好的,那就达到目的了。

实际上,电影这种综合艺术的魅力,是在于音乐、戏剧等(子)艺术融合在一起的整体效果,不宜单独而论。对于大多数观众而言,真正投入电影(观赏)里的时候,是无暇去想这是什么音乐、那是什么音响的问题。

问：去年的一个电影课程上，当时一个老师说，电影自从有了音乐以后，电影就是必死无疑了。当时他就是这么讲的。所以我想听下您的见解。

田壮壮：关于这个问题，我只能告诉你，活得时间长的肯定比活得时间短的有生命力，有声音、有音乐的这部分电影比原来没声音的岁数大。

你想想，从电影诞生至今的一百多年中，有声电影就有六十至七十年。有声音，也就有音乐了。

你的那位老师可能会跟你较真说，那些伟大的电影是没有音乐的，不过，别忘记一个客观条件：那个时候确确实实没有录音设备，想有音乐也有不了，只能请乐队在幕底下奏乐。那时候，电影放映情况，他是没听到没看到，要是听到了，看到了，也许就不那么说了。

关于电影的艺术性

问：您能否用一个例子来谈谈您对电影艺术性的理解？

田壮壮：一部好的作品可能开始的时候你觉得它还不是特别美，但是它可能打动你，感染你，随着时间流逝你又去看，又去想，慢慢地它真的成了一个特别了不起的作品。

举个简单的例子，我早年看《东京物语》*，看完我就想，是我没文化还是影

*《东京物语》是日本导演小津安二郎执导的电影，影片于1953年11月3日在日本正式上映。《东京物语》描述的是住在海滨小城尾道的70岁老夫妻离开故乡去探望他们住在东京的子女，在品尝了各自成家的儿女们冷淡的招待后，老夫妇决定回归老家，结果年迈的老伴得病，死在了旅程的终点的故事。

这部电影上映后获得许多影评家和电影人的高度评价。如李安把它作为自己喜爱的五部电影佳作之一，他说："在我看来，这是伟大的电影之一，或者说是最伟大的家庭电影。它非常东方，紧紧地攫住了我的心。一切看上去都是那么平静，没有什么戏剧性，但是结尾却给你重重一击，让你感到生活是如此令人绝望。我喜欢这个主题，它展示了生活中非常细微的变化，敏锐地呈现了生活的本质正是'变化'。没有任何事物是一成不变的，唯一不变的却是事物都会变化这个规律。这部影片通过舒缓的方式将这个概念传达给我，非常贴切动人。"

*艺术意象是主体思维及情感活动的结果，是主体内在情思和外在物象的统一。它与具体的生活物象相关，却包含着更为丰富的内涵。如俄国作家高尔基笔下的"海燕"以及我国古典诗歌中的"杨柳""红豆""鸿雁"等。艺术意象作为主体生命感受和情感体验的感性显现，其最基本的特征可概括为想象性、情感性、审美性和象征性。从基本范畴看，艺术意象可分为：艺术家的内在心理意象，即艺术家在艺术构思过程中形成的存在于观念中的意象；物态化意象，即氤氲于艺术作品、艺术形象中的意象，这是艺术家内在心理意象的物态化结果；接受者的再生意象，即艺术欣赏者在接受艺术作品时所生成的意象，带有强烈的接受者的主体色彩。

*《东京物语》和小津的其他任何一部电影一样，讲着一个家庭伦理的故事。然而，正是隐忍，所以伤怀，简单的故事讲述着一个个深沉的主题：爱、别离、孤独、苍老、死亡。把真实的生活展现出来，但并不做价值评判，这使小津的电影呈现了开放的风格。《东京物语》里，每一个冲突都只是琐碎的平常小事，因为平常所以亲切，因为亲切所以真实，真实得使我们任

《东京物语》，剧情片，小津安二郎导演，是豆瓣评分 9.1 的经典影片。

评人没文化，这么难看的电影竟然说好。

我想肯定有问题，后来又看了三遍，终于明白了：

原因就在于对艺术里的艺术意象*的认知和理解，就是作品中特别小的一个点背后有特别大的文化内容。

比如电影里面虽然只有老头老太太，但画面之外还有大量的信息——战争带给人们的影响*。话在话外，言尽而意无穷，当你越是深入理解这部电影的时候，你的这种感受就越强烈——这就是那个导演的伟大之处*！

这部电影让我们明白，有些很好的东西，认识它可能需要一个很慢的过

程。但是，认识到就是幸运的，说明我们自己还能再提高，还能认识到更好的东西，没到止境。

编后微评：

不愧为著名大导演，寥寥数语，从他嘴里讲出来，就能给人的思想洗个冷水澡，而且是醍醐灌顶的那种，让人顿时清醒。

比如，我们为什么学习艺术？“其实大家都是在学一技之长。这些有可能养活你，有可能也养活不了你，有可能让你成为一个艺术家，也有可能就是一种将你附庸在某一工作环境中做具体事情的载体。”“我觉得这是让我们最受益的东西，因为一生当中都会有这么一个东西的陪伴，我们不会寂寞孤独。”年轻人在艺术工作中应该处于什么地位？“其实无论电影音乐还是其他任何一个艺术门类，年轻人永远需要担当最主要的角色。”我们为什么从事艺术？“人在做创作，做文化，本身担着一个责任。”什么是好的艺术作品？“实际上，刚开始的时候我们没有办法来评价这个东西好不好。如果非要找个标准来衡量，就是金钱和时间，对艺术而言，时间更为重要。”什么样的老师是好老师？“好的老师会教给学生方法，让他们做出正确的选择，走出自己的困惑。”什么

小津安二郎（1903~1963）*，日本电影导演、编剧，他的墓碑上，只有一个汉字——“无”。

何一个人都可以在电影中找到自己的位置，成为其中的角色，同喜同悲。这部电影，没有煽情，但令人自然感动；充满静谧，但并不是一池死水，更像大河之水，流得很慢，虽不见速度，却深沉无比。

*小津安二郎（1903~1963），日本电影导演、编剧。小津于1963年12月12日因病去世，那天他正好60岁。他的墓碑上，只有一个汉字——“无”。他是日本众多导演中的杰出者，一生执导54部影片（36部存世，其中无声片31部，有声片22部，纪录片1部），有19部入围日本影响力最大的影片评选奖项——《电影旬报》年度十大佳片，有六次勇夺当年十大佳片的冠军。小津经历了日本电影的各个历史时期，无论是无声电影，还是有声电影、彩色电影，均有佳作。1942年，小津从战场回来，他的艺术观再次发生了一些转变，他有了一颗“平常心”去描绘战后日本人的生活和精神状态，他最有影响的作品多半出自这个时期。

是艺术成才之道？“实际上，对于一个人才的成长来说，老师只能告诉方法，剩下的只有自己去感受。”什么是好的电影配乐？“如果你觉得某一段音乐很打动你，或者你觉得它很恰如其分地生根在这个片子里了，那我觉得这个奖给得也不为过。”音乐在电影创作中的地位和作用是怎样的？“电影这种综合艺术的魅力，是在于音乐、戏剧等(子)艺术融合在一起的整体效果，不宜单独而论。对于大多数观众而言，真正投入电影(观赏)里的时候，是无暇去想这是什么音乐，那是什么音响的问题。”

在本次讲座中，这种智语太多了，如果你和我一样读进去了，你就会搭上金钱买这本书、搭上时间看这本书，值，真值！赚着了。

陈建军：我的游牧人生与纪录片《牧魂》

陈建军，纪录电影导演，制片人，曾任中国周易学会秘书长、中央电视台文化专题部副主任，中国唯一举办过个人电影周的纪录电影导演，作品曾荣获美国、巴西、欧洲等国家和地区的国际著名电影节各项最高奖及中国电影华表奖。目前担任敦煌研究院特聘研究员，敦煌莫高窟游客中心总策划、节目总导演，北京莫高丝路文化发展有限公司总裁，“十二五”国家文化科技创新工程专项专家组专家。

讲座导读：

人生是什么？人生其实就是一段永远不可能返航的旅程。有的人在匆匆忙忙中度过一生，有的人在兢兢业业地度过一生，也有的人浑浑噩噩地度过一生，还有一种人过着鲜有人为的游牧人生。游牧的人生自然少不了身边的好风景。

今天我们讲座请到的是一位纪录片导演、大学教师、配音演员、资深编辑……总之，他就是那个游牧的人，我们今天将随着他的讲述来领略他的游牧人生以及他的纪录片电影。

有请讲座嘉宾陈建军导演和对话嘉宾瞿小松教授、谢嘉幸教授。

对于我自己，可以用“跨界”来概括我的生命历程。我在大学里学的是摄影，我是摄影专业毕业的，所以毕业以后就在中央电视台当了两年摄影师。在当摄影师的过程中我觉得很不舒服，因为导演经常说，你把这个给我拍一下，你把那个给我拍一下，我觉得导演很威风。于是我也想当导演，所以就从摄影师一下子跨到导演这个行业里。

做了导演以后，办了电影周，作为一个纪录片的电影导演，我觉得这是一件值得欣慰的事情，因为真正意义上的导演很少能拍这种胶片电影，当时我拍了十几部，其中有五部作为电影周的影片。做电影导演之后又做了撰稿人，又跨界了，从导演跨到了撰稿人。然后我还有了职称，我在中央电视台的职称跟导演没关系，跟摄影也没关系，我是高级编辑，又跨界了。

我就是那种身上挂着各种标签的人，怎么贴都行，影视界介绍我是纪录片导演，到商务场合一贴我就是公司的老总，然后到科技部我又是科学专家。因为贴在我身上的标签太多了，便经常会遇到别人问，你到底是干什么的，到底是哪个队伍的？

我想了想，也真不好回答，所以我讲座就讲“游牧人生”。

跨界牧羊，跨界拍《牧魂》

我的人生的发展过程，真的像放羊一样，每天赶着羊群到处找草吃，就像我曾经拍过的纪录电影《牧魂》。

这个纪录电影已经深深地印在我的生命里,它给我带来的是一种终生的享受。

那么要怎样拍摄游牧民族呢？于是我又跑去放了两年羊,而且是像真正的牧民一样放羊,可不是浅尝辄止地体验生活。

那些日子,我每天骑着马、赶着羊上山坡找草。

在这个过程中,我深深地体会出王洛宾改编的那首民歌《在那遥远的地方》的文意。这首歌,那里的牧民们都会唱。其中一个原因就是牧羊人都是男人,而且大部分是年轻的小伙子。他们天不亮就要把羊群赶到山上去,很晚才回来,那种生活的寂寞可以想象,所以就幻想着会出现一个姑娘,每天都坐在山坡上。其实那是白日梦!

寂寞的日子,容易让人对生活多一些时间来感悟,那段时间我思考了很多问题,关于灵魂存在的意义等等,所以后来我拍了这部纪录片,起了个名字就叫《牧魂》。

从摄影师到当纪录片导演是跨界,到当牧民放羊肯定也是跨界了。

跨界干配音

还有一次跨界就是二十多年前我在央视的时候,那时还给广告和专题片配过音,20 世纪 80 年代中期就配音,配旁白,干了整整半年的时间,那个时候很多电视广告都是我配的音,比如手表、泡泡糖广告等等。

动物世界的专题片我也配过两次,其中一个印象比较深的影片叫作《鲣鸟》,那时候赵忠祥还不是专职《动物世界》的配音,所以我有了这样的机会。

干了大概半年,一条广告就顶我一个月的工资,真挣钱。所以跨界的动机和行为产生了,基本上半年就成了万元户。因为我是学摄影的,所以用挣的钱买了一个尼康照相机,单身宿舍那些年轻人羡慕得不得了。

跨界当高校老师

有次跨界,可能大家也很难想到,就是我在合肥师范学院当过一年的老师,教的是什么呢?

跟我的专业一点关系都没有,我教的是形式逻辑和哲学。

此外,我对周易感兴趣,所以混到学术界里去了,做了周易学会的秘书长,张罗很多事情,搞些学术活动。

这些其实跟导演专业也毫不相干,这几个“界”跨得也有点大。

央视待了二十年，转身成了“陈道士”

我在央视工作了二十五年，这算是我最正经干的一件工作。最后临退休，有个朋友说，任何人脖子上挂一个中央电视台的牌子，就显得威风凛凛，要把牌一摘，就什么也不是了。

我一听，好像有点道理，就把脖子上的牌儿给摘了。

我把牌儿摘了是什么概念？

就是把所有的公职辞掉了，把所有的职务辞掉了，就像徐志摩诗里所写：“我挥一挥衣袖，不带走一片云彩”。

我这么做，最主要的原因可能和敦煌有关，我总觉得有东西在召唤我。

这时我就彻底地跨界了，跟电视一点关系都没有了。

这次跨界我做的是世界文化遗产的数字化保护工作，这一工作发挥了我的计算机图像技术专长，自身的本领也有用武之地，于是在敦煌莫高窟待了十年。

有人开玩笑说，一百年前的敦煌有个王道士，现在是陈道士。

我就住在莫高窟的山脚下，感受着宗教的灵气和佛教的关怀。所以，在敦煌的十年时间，我做了两部相关电影。

敦煌莫高窟,俗称千佛洞,窟群全长1600余米,分南北两区,现存有壁画、塑像者共四百九十二窟,是中国最大、最著名的佛教文化遗存之一。

*球幕电影，也叫穹幕电影、全景电影，是一种半球形的大银幕电影，因银幕为半球形，放映出的影像也呈半球形而得名。最常见的球幕电影银幕多为1/4球面，放映70毫米5片孔的短片，配以6路立体声，观众观看时，好像被包围其中，临场感十分强烈。

一部是讲敦煌莫高窟两千年演变历史的《千年莫高》，另外一部是讲敦煌莫高窟艺术的球幕电影*《梦幻佛宫》。这两部电影将来还会成为游客到敦煌莫高窟参观的一个必经流程，就是在参观莫高窟之前，先把这两部电影看了，莫高窟到底是什么，里面到底有什么，便是两个电影所讲述的内容。

这里尤其值得一提的是球幕电影，又叫沉浸式新媒体。银幕是一个半球形，人坐在其中，除了脚底下，四周半部分被影像包围。仿佛是营造了一个莫高窟的空间，让人产生身临其境的感觉。

我的跨界心得

几十年里，我一直尝试做不同的行业和事情，跨界跨得太多了，也不知道以后又会跨到哪里。

我特别想说的是，一个人的每一次跨界，都是对意志的磨炼、对灵魂的洗礼，你会获得内心世界最真实的一种感受。

你跨界了，这个新领域与你之前熟悉的东西完全不同，有时候你觉得都快崩溃了，因为你到了一个未知的如同一个黑暗世界里，你不知道这个世界会发生什么，所以说这是磨炼，是洗礼。

我觉得每一次的跨界都充满了挑战，让我对这个世界有了一个更深层次

《牧魂》是一部记录新疆阿勒泰地区布尔津县哈萨克族牧民拉台一家的生活的人类学纪录片。它由陈建军导演，李雄摄影，是中央电视台完全按国际标准制作的35毫米杜比数字立体声纪录电影，已被美国影像博物馆永久性收藏。该片曾获国际影像人类学电影节最高奖“特别嘉奖”，美国BLACKMARIA国际电影节、MOONDANCE国际电影节最高奖，巴西里约热内卢FICA国际电影节最高奖和希腊国际纪录电影节金橄榄奖。

的认知，让我焕发出热血沸腾的感觉，对生活充满了热爱与希望。

因为跨界了，人总会往前去寻找、去探索，你不知道你的力量从何而来。

跨界就是追求一种自由的人生，是追求生命价值实现的各种体验。

这也是为什么我会在1996年拍摄纪录电影《牧魂》的原因，而《牧魂》又反过来影响了我的人生。

（放映电影《牧魂》）

导演的剧情自述

游牧生活的特点就是逐水草而居。为什么要逐水草而居呢？

对于牧民来说，草原就是他们的天堂。当初春的暖意融化了冰雪的时候，小草开始钻出嫩芽来，这个时候，住在冬窝子里的牧民就会赶着他们的牛、马和羊群奔向他们的牧场。

第一个抵达牧场的往往是哈萨克族中最富裕的牧民，“早起的鸟儿有食吃”，随后，草原上的蒙古包像蘑菇一样不断地冒了出来，等别人陆续赶着羊群来到的时候，他早就迁徙到另一个新草场去了。我拍摄的主人公就是这样的人，他永远走在别人的前面。

我们在一起也经常会互相问问，你希望有一个什么样的人生呢？即使别人不问，我们也会常常这样问自己。

我的回答是，做一个自由的人，像哈萨克牧民一样。

“哈萨克”就是“自由人”的意思，游牧人生是追逐自由的人生。

其实,我在开头说的那么多跨界,也就是这个意思,把人生当作一次游牧的过程,跨界人生也就是游牧人生。

因为生命总会离你而去,何不让过程精彩些?

人从生下来就开始了死亡的旅程,因此,把你的人生当作一段游牧的旅程,去寻找那片属于你的水草。因为你不知道在前方,有哪一片水草更加富饶和肥美,在追逐希望的过程中去为你的人生画出一条优美的轨迹。

三人谈

影片主角的选择

瞿小松：我还想请陈导介绍一下这个片子的主角，我记得陈导跟我说他选择这个人来做主角的时候还有一个故事。

陈建军：哈萨克牧民在那边可能有成千上万，当时选择什么样的家庭的牧民做影片的主角时，的确颇下了一番功夫。

我差不多去了四五十户人家，对每一家的生活都会有不同的感受。结果到了其中一户牧民家的时候，突然眼前一亮，我觉得这个家庭里主人公的眼神里透出来一种贵族的气质，整体形象和精神状态都显得与众不同。当时我心里就在想，可能我的影片主角就是这个人了。

接着，在和他共同生活的两天时间里，他说的一句话也深深地打动了我，他说："如果你选择我们家，不仅是我们家族的荣耀，也是我们这个部落的荣耀。我们全家一定会好好配合你把这个电影拍好。”

我在其他的牧民家里,没有人这么讲过。

他的这种贵族气质是发自内心的,这个老汉从来没有读过书,也没有上过一天学,但他是村庄里面的一个相当于领袖级的人物,大家都服他。

于是,我选择了他们家*。

*新疆阿勒泰地区布尔津县哈萨克族牧民拉台一家。

《牧魂》的精神实在

谢嘉幸:这部片子是目前拍摄哈萨克人生活最好的一部纪录片,因为它生动、真实、洗练、传神地展现了哈萨克牧人的生活以及精神所在。所以,它一下入围30多个国际电影节,并在国际影像人类学电影节等多个电影节的激烈的竞争中折桂,的确实至名归。

瞿小松:确实如此。

不知道有几个细节大家注意了没有,片子一开始拉台带着儿子找骆驼,碰见两个过河的孩子,他们就去帮这两个孩子;他们找骆驼又碰见有家人找马,马瘫在地上他们又去帮忙。他的心地多么善良!

其实,游牧民族有非常先进的文明,因为每个季节有每个季节的牧场,等这个季节过了,这个牧场有三个季节可以重新再恢复。

有些地区的牧民则并非如此，大家可以到陕北看看，这么多年下来，那里根本就跟荒野一样。

而真正的游牧文明——人与自然是非常和睦的一个整体。

在中国的版图里，哈萨克族便是体现了这一文明，他们信仰伊斯兰教，他们把所有生命视作一个有机整体的大生命，现在我们的科学叫生物链，他们早就有生物链的知识，并形成了文明。

在这部片子里，透过拉台一家，我们看到的不仅是有着文明传承的游牧民族的生活，还有他们的信仰和精神。

陈建军：在拍片的过程中，我深刻地理解了他们的人生是与大自然有同步节奏的。

待白雪融化，小草冒出来的时候，他们开始征途，然后哪个地方雪融化了，哪个地方草长出来了，他们就一点点地跟着走，一直走到山顶上。

有时，刚刚驻足没多久又开始下雪了，他们又往下走。

就这样，他们永远跟着大自然的节奏一直走，直到老，走到死。

这个就是游牧人生，跟着自然一起循环。

所以我对哈萨克这个民族有更深的理解，我觉得哈萨克牧民是真正的自由人，他们跟大自然融为一体，是自然纯真的，不为他物所击垮。

由此，我感悟到游牧人生就是追求自由的人生。我也希望自己是个自由人，因此我在前面提到那么多的跨界，其实就是把人生当作一次游牧的旅程。

现场答问

问:您为什么会想到用交响乐队来为这个片子配乐?

陈建军:交响乐能够更好地体现出人对生命的感受。

当时做音乐设计的时候,我觉得哈萨克的民族乐器单调了一点,我希望在音乐中能够体现很多我对哈萨克民族和对这个影片主题的理解。

虽然采用了交响乐,但音乐的旋律是跟着哈萨克的主要曲调走的,而且采用了哈萨克民族乐器冬不拉的独奏和协奏贯穿影片。

问:在片子里面,拉台的一个孩子不愿意去上学,但是他家里另一个孩子却去乌鲁木齐上学。他都赞同。我想知道,他们民族对教育有什么样的观念?

陈建军:他们的教育观念不像我们汉族,把对未来的所有的希望都寄托在教育和孩子身上。

他们随心所欲,很自由,包括那个男孩子说他不愿意去上学,他父亲说:"不愿意上学就算了,跟我回家放羊。"他女儿说:"我想到乌鲁木齐上学。"他父亲说:"可以啊,我给你钱你去上学。"他们非常洒脱、自由,这就是这个民族的特性。

瞿小松:我认为,他们的教育可以说是一种有灵魂的教育,具有宗教性质。

这种教育给他们最大的自由。

哈萨克族是一个自由的民族,他们跟天地在一起。当人每天都能跟天地在一起的时候,便会感觉到超乎个人的力量,而这个力量又可以在人的心中被感受到,所以这个是另外一种教育,这个教育是坐在课堂上听老师讲所达不到的。

哈萨克也有一句话叫"行万里路,读万卷书",这句话的意思并不是你走一里读一本书,而是万里路就是万卷书。

而且,这万卷书有一套完整的知识结构,只是我们多数人都不知道,例如剪羊毛,这必然是一项技术活,因为要怎样才能不伤到羊,有很多非常细致和完整的知识,并且包含极强的科学价值,这个知识是我们学校教育体制所欠缺的。

我的孩子现在在瑞典,老师带着孩子们去户外捡树叶,回来做成小册子,标记上叶子的种类和知识,从真实的生活中理解生命,获取最有价值的知识。

陈建军:就像农民有他的生态体系,牧民也是如此。比如农民一定要知道二十四节气和七十二物候,那牧民也一样。每一个环节他都知道会带来什么样的后果。

有时候一算,今天会有大雪,可能他需要提前一天就要到达目的地,而不能像去年那样,同一时刻还在路上走,而且在游牧过程中可能会有很多意想不到的情况发生。

在我们拍摄途中,看到一匹骆驼躺在地上,脖子上有几个掌印,这是发生了熊袭击驼队的事件，熊一巴掌就把一匹骆驼拍死了。影片的主角拉台家里养的三只牧羊犬，就是因为夜晚熊来了，一只不知被熊拍到哪儿去了，一只被拍死了，另外一只被拍残了，所以他们会在生活中遇到各种各样的事情，这都需要掌握相应的知识来应对*。

问：陈导，依你的理解，什么是好的纪录片？

陈建军：在我看来，好的纪录片首先应秉承前辈艺术家留给我们的经典文化遗产以及他们确立起的纪录片的文化范式。具体来说，有四个方面。

卢米埃尔兄弟，电影和电影放映机的发明人，法国人，哥哥是奥古斯塔·卢米埃尔(Auguste Lumière,1862~1954)，弟弟是路易斯·卢米埃尔（Louis Lumière，1864年~1948年）。

*花开两朵，各表一枝。相关统计数据显示，1990年时候，新疆少数民族6岁以上人口中，有41.3%的人是文盲，40.17%接受过小学教育，0.42%的接受过大学教育。而新疆的哈萨克族人口中，则有28.1%是文盲，48.5%的人接受小学教育，0.53%的人接受过大学教育。两项比较可见，新疆哈萨克族的教育水平优于同地区其他少数民族，尤其在脱盲教育方面。但我们同时可以看到，其高等教育水平依然极低，仅占民族人口的1/200。同年，全国接受过大学教育的人口比例是1.422%。由此可推测出哈萨克民族教育水平低于全国水平，但远高于新疆其他少数民族，是一个较为重视学校教育的民族。

讲座中的专家根据影片中拉台一家的个案推测哈萨克族的教育情况存在一定偏差。实际上，我们认为，如果把游牧生活不作为一种具体的生活方式，而是作为一种生活态度的话，牧民可以通过教育获得知识技能，从而融入现代城市生活，虽然，生活方式变了，但确是一种更大意义上的游牧人生。接受现代教育不应和仅仅接受原生态的草原家庭或民族生产生活教育相抵牾，从人类学意义一是真实性,就如现代电影之父卢米埃尔兄弟*最早的电影《水浇园丁》《火车进站》一样,要真实地反映和记录现实社会生活,真实是纪录片特有的品质,也是它最有文化分量的地方。

二是探索性,就像影视人类学鼻祖罗伯特·弗拉哈迪花上十六个月到北极因纽特人生活中拍摄《北方的纳努克》一样,要怀着极大的热情和探索的精神去记录那些底层人群、边缘人群的生存状态与生命真实,让人们能够获得对人类文明广角的文化认知,并从中得到自我的反思。

罗伯特·弗拉哈迪((Robert Flaherty,1884~1951,美国纪录片导演),一位终其一生都在远离文明的世界里,以浪漫主义的眼光和探险家的品性追寻纪录片艺术和人生真实的导演。被尊为世界"纪录电影之父"和影视人类学鼻祖,他让纪录片拍摄真正成为创作。

三是历史性,就像纪录电影奠基人吉加·维尔托夫用"电影眼睛"*去拍摄《持摄像机的人》《真理电影报》一样,利用一切有利的角度抢拍、捕捉那些有意义的历史瞬间,而不是平庸的过往。

四是正义性,就像伟大的荷兰电影导演尤里斯·伊文思拍摄记录比利时煤矿工人大罢工的《博里纳日》、反映西班牙战争的《西班牙的土地》、表现中

上讲,在人的自由全面发展的追求上,我们认为,还是应接受更全面的教育才能更加促进人类的文明。文明的西文本义,其实就含有有教养的、有修养的、受到良好教育的内涵。所以,我们对待少数民族教育问题的立场应是必须按照法律规定接受九年制义务教育,此外,我们可以尊重他们的个人选择,但不应具有那种行为诱导式的"去学校教育"的观念,包括观念的传播。

*卢米埃兄弟,哥哥是奥古斯塔·卢米埃尔(Auguste Lumière,1862年10月19日~1954年4月10日),弟弟是路易斯·卢米埃尔(Louis Lumière,1864年10月5日~1948年6月6日),是法国的一对兄弟,电影和电影放映机的发明人。

*1922年~1926年间苏联青年纪录电影工作者的一个流派。该派由导演维尔托夫领导。维尔托夫在《电影摄影》和《左翼艺术战线》杂志上的一系列宣言中阐述了"电影眼睛"的观点,同否定长篇、中篇、短篇小说并把特写、报道同小说对立起来的左翼艺术战线成员一样,"电影眼睛"派否定表演的艺术创作,把纪录电影同艺术电影对立起来。他们认为,电影的任务

吉加·维尔托夫(1896～1954)，苏联电影导演、编剧，演员，电影理论家，纪录电影的奠基人之一，他系统阐述了"电影眼睛"的观念，创立了新的纪录片特质。

国抗日战争的《四万万人民》和记录第二次世界大战的《认识你的敌人：日本》等作品一样，站在人类主义和客观公正的立场去反映尖锐的社会矛盾和人类冲突，以让人们铭记教训、反思不当的行为，引导人类走向文明、走向美好。

尤里斯·伊文思(Joris.Ivens 1898～1989)，荷兰人，伟大的纪录片导演。因其杰出的艺术成就，先后获得威尼斯电影节终身成就奖、恺撒奖最佳纪录短片奖、戛纳金棕榈大奖，欧洲电影奖·特别成就奖等。他的创作特质是世界哪里燃烧，他就把摄影机放到哪里去，并始终把镜头对准普通的人，因此，他被自己的祖国宣布为叛徒，成为上帝永久放逐的"飞翔的荷兰人"。

就是全部真实地记录现实。为此，"电影眼睛"派借助摄影机("电影眼睛"一词即由此得来)利用一切机会观察和研究生活，肯定电影眼睛比人的眼睛更完善。"电影眼睛"在纪录电影中运用各种各样的配景缩小法、慢速和快速摄影以及移动摄影。"电影眼睛"采取的最重要手法之一是"出其不意地捕捉生活"的拍摄方式。但是，与一些资本主义国家纪录电影中"真实电影"流派的代表不同(尽管他们认为维尔托夫是自己的鼻祖)，"电影眼睛"派并不限于单纯地记录"生活流"。他们在拍摄现实的过程中，通常要对现实进行思考，这些思考借助于最重要镜头的选择而进一步继续下去，然后把那些镜头加以蒙太奇对比、剪辑和组合，再配上字幕，在银幕上构成被描绘事物的意义。"电影眼睛"派的活动导致纪录电影新样式(即形象的电影政论)的产生，它具体表现在拍摄的许多影片中，如《电影真理报》(1922～1925)，文献纪录片《电影眼睛》(1924)、《前进吧，苏维埃！》和《世界的六分之一》(1926)。

总之，好的纪录片最能接近真实的时代生活和人类生命的本真，它直接纪录社会、记录状态，通过朴实无华的镜头语言穿透心灵的屏障和人的内心进行对话交流，让人们浮躁焦虑的心变得沉静，反思行为，引人向上，并抚慰那些无所皈依的心灵。因此，好的纪录片是那种难以复寻的人类影像，并作为传世之作，成为具有永恒价值的文化记忆。

谢嘉幸：太精彩了，感谢陈导给我们带来这么优秀的作品、人生感悟与文化分享，我们今天的"三人谈"就谈到这里。谢谢大家。

编后微评：

听完建军的讲座有什么感觉？新新青年或许会说，太酷了，摄影干一阵子；脚踏实地录音也干一阵子，发点小财；导演干一阵子；老板当一阵子；最后当道士，不知道是不是一阵子，自己的一辈子当成别人几辈子过。老成的尊尊长者或许会说，太不靠谱了，一会儿干这，一会儿干那，东一爪子，西一笊篱，什么都干，什么也不精，大好的金饭碗、体制内不干，到穷乡僻壤当老道，是不是吃错药了。

老实地说，我以为，这两种看法都对，又都不对。对是因为，他们的看法都是来自事实材料，建军就是这么一路飘飘忽忽的，这没错。为什么又说不对呢，那就是认为要酷的小青年，没有看到人家的真东西，建军可是摄影科班(大学)出来的，在国字头第一号职场，那干得也是风生水起，随便抓一行，干吗吗行，这可不是光有两把小刷子就能做到的。现在有句俗话说得好，什么是金饭碗，不是你在一个地方吃一辈子饭，而是到哪哪有饭吃。你看人家老道当的，连球幕电影都拍出来了，还成了地方旅游必选项，这可不是谁都能做到的。

所以，我想，对那种羡慕嫉妒恨的新新青年说，要下海，先把游泳练好了，没有真功夫，到了海里，不是呛两口的问题，可能这辈子就撂了。我还想对心慈面善的老伯们说，人家建军要过他的游牧人生，那是人家的选择，他拍这个片子(《牧魂》)其实就是在拍他自己，拍他自己的心，他在当中悟出来的门道，可不是旁观就能知道的。而且，人家玩得很文艺，很文雅，很有水平，就这件看起来不靠谱的事，人家一连拿了好几个国际大奖，这可不是谁都能行的。你看，人家活得滋润着呢？大可不必操那份闲心。

建军的经历，让我想起了一个人，就是大名鼎鼎的乔布斯。他可真的称上改变世界的大人物，推出平板电脑差点把传统 PC 机的命都革了，推出 ipod，开在线音乐商店(itunes)救活了垂死的唱片产业，形成了音乐工业的新生态，推出 iphone(智能手机)，把电脑、相机、DVD、电视都给合并到手掌心了，直接把那个叫手机的传统通信工具的命给革了。他虽然活得不算长，56 岁，却留下了数十亿美元的(人民币几百个亿)的巨额遗产，多得都可买个小国家了。厉害吧。可是他在创业之初，就是一个相当于我们三本高校的肄业生，要钱没钱，要技术没技术，要不是他的一个老同学的鼎力相助，就不可能有后来的乔布斯。这个老同学可能许多人都不熟悉，他叫沃兹尼亚克，他原来是惠普公司的白领，被乔布斯忽悠了，说是要改变世界，结果辞了工作，跟乔布斯合伙创建了苹果公司。说这人是电脑高手，那是低估了，确切地说他是电脑天才，要知道苹果电脑的一代、二代都是在他的手上诞生的。就这么个人，够不走运的，等苹果公司即将大展宏图成为行业巨无霸，他也即将和乔布斯一样成为超级大款的时候，他退股了，说是要追求学问，去完成大学学业。后来又突发奇想去搞音乐节，赔了一千多万，不死心，再搞第二届，又赔一千多万。够走霉运的吧？现在呢，闲着没事经常钓钓鱼，过着平淡的日子。可是，有人问他，你怎么这么不走运呀，你猜，他怎么说？他说："我现在很好啊，如果和老乔一起干到现在，我还能在这钓鱼吗？"言外之意，早就随乔布斯而去了。你看，他这么一说，大家就理解了吧，别人眼里的风光无限，未必他就是真的那么好过，每个人应该清楚什么样的人生是最适合自己的。所以说，如何过好这一生，没有标准答案，也许随心而去，未必就不是好选择，你说呢？不过，以陈建军为镜鉴，在没有真本事之前，可真不能太随意了，夹着尾巴把"金饭碗"（本领）端上再说，你说是不？

程裕苏：我的创作是心灵的投影和反射

程裕苏，新锐导演，北京大学佛学博士，澳大利亚墨尔本大学维多利亚艺术学院电影博士，是最早将 DV 和 RED 4K 电影技术引进中国的人士之一。电影作品《我们害怕》《目的地，上海》《浮云》等先后荣获北京国际电影节“优秀民族影片奖”，鹿特丹国际电影节国际影评人大奖，欧洲国际艺术电影节最佳影片“金钥匙”奖，香港国际电影节银摄影机奖、温哥华国际电影节“龙虎金奖”等。凭其艺术成就，2012、2013 年先后荣获澳大利亚“罗曼学者”大奖和澳大利亚“总理大奖”。

讲座导读

今天我们不讲理论，就讲“美”，讲“心灵”。所以，各位，请将您手上的杂事、琐事，心里的烦事、愁事都放下，把手机关了，留一刻时间给自己，存一刻光阴给心灵。

下面我们即将开始的讲座不像讲座，更像一颗敞开的心灵的诉说，我们听到的对话不像对话，就像心灵与心灵的沟通。

有请讲座嘉宾程裕苏导演和对话专家谢嘉幸教授、瞿小松教授。

电影《浮云》由程裕苏导演编剧，臧晓玉，于博宁主演，被影评人汤尼·雷恩誉为："开创了佛学公路类型片的先河。"

程裕苏：在对话正式开始之前，我们先来看一下片子(《浮云》)。

(播放影片)

剧情梗概

这部片子故事原型是导演身边的真人真事。

故事由三段构成：

女作家是个孤儿,在一次采风中结识了在青海玉树的干妈。干妈是个上海姑娘，解放前考取昆明西南联大,其间爱上了同班藏族同学，毕业后跟随同学到了玉树,做起了土司夫人,开始了漂泊的人生。为了积累新书素材,作家把干妈接到上海，采访她传奇的一生。采访过程中,干妈突然坐化。遗嘱中,干妈吩咐女作家将其遗物,一串红念珠带到玉树,交给干妈的上师,以此来超度干妈的灵魂。女作家为了实现干妈的遗愿,踏上了去玉树的路。

大伟被医生告知得了癌症,且为晚期,只能活三个月。为了大学毕业时在火车站站台上的誓言:彼此在离开这个世界前一定要见上一面,大伟踏上了去玉树的路,寻找在那里当了二十年乡村教师的同学翔子。

小宝从小对外星人和UFO感兴趣。在北京的后海,小宝遇到了一个神人,那个人说他在那里已经等小宝一百多年了， 那个人还教了小宝一种宇宙语言,说学会了可以直接和外星人交谈。某天晚上,外星人托梦给小宝,告诉小宝只要他来玉树,就可以见到他们,他们会把小宝带离地球。于是小宝离开北京,踏上了去玉树的路。

三人在唐蕃古道上相遇,相知,相离 ……沿途,纯净的天空中,青藏高原美奂绝伦的浮云,一幕一幕地跟随着主人公们,春风化雨般地洗涤着天上和人间。

我的拍摄初衷

有丝绸南路之称的唐蕃古道是连接西南友好邻邦的重要交通。

程裕苏:也许有人会问,为什么拍这个片子。

我想,现在素食正在取代鲍鱼,成为宴请的范儿,我们电影人也应该给习惯了重油口味的电影观众呈上一道赏心悦目的光影素宴。

这是我拍这部片子的第一个想法。

于是,我去了唐蕃古道*的密境,到了海拔4500米以上的青藏高原,用了好莱坞高科技的RED 4K*及升格和降格电影拍摄技术*来拍摄,希望能够通过影片再现出那种视觉的奇观与心灵的感动。

当然,这也夹杂了另一个想法,就是希望给那些想上路或正在路上的驴友,那些没去过西藏或因各种原因去不了西藏的人,那些想看青海湖的油菜花,唐蕃古道的星宿海、德令哈的满月、青藏高原的繁星、玉树的彩云以及神秘的雍布拉康(西藏吐蕃王朝的第一座宫殿,传说中外星人经常在此出没)的人送去一份惊喜。

*唐蕃古道是我国古代历史上一条非常著名的交通大道,也是唐代以来中原内地去往青海、西藏乃至尼泊尔、印度等国的必经之路。它起自陕西西安(即长安),途经甘肃、青海,至西藏拉萨(即逻些),全长三千余公里。整个古道横贯中国西部,跨越举世闻名的世界屋脊,连通我国西南的友好邻邦,故亦有丝绸南路之称。

*4K,即3840×2160超高清分辨率,标准化的4K(3840水平像素),能够达到高清分辨率的4倍,再配合鲜艳的色彩、超真实的音效,能给观众带来极大的观影享受。

*电影摄影中的一种技术手段,电影拍摄标准是每秒24格,也就是每秒拍摄24张,这样在放映时才能是正常速度的连续性画面,但为了实现一些简单的技巧,比如慢镜头效果,就要改变正常的拍摄速度,比如高于24格/秒,这就是升格,放映效果就是慢动作。如果降低拍摄速度(低于24格/秒),就是降格,放映效果就是快动作。

另外,我还有一个念想,就是希望这部电影能够成为当下社会正在流行和倡导的慢生活方式的一个内容,希望有人能够找个地方,看完这部影片,让心慢下来,跟着影片的主人公归隐到田园,到遥远的玉树,经历一下诗人海子眼中的“面朝大海,春暖花开”* 以及沧海桑田、物我两忘。

出于以上的创作初衷,我采用了“本地人观点”、视觉人类学拍摄方法 * 贯彻始终。要知道,在当地藏民的心里,浮云,山川, 鲜花等万物皆有佛性,皆可互相沟通, 皆可与人类互相感知。浮云这一“物像”也因此成了我的这个片子的主角。

在拍摄过程中,我用了相当的篇幅来展现和模拟浮云的喜怒哀乐,可以说出神入化。而浮云之下的红尘,及红尘之中的悲欢离合,却被浮云春风化雨般地扫荡成了配角。

《浮云》的幕后

程裕苏:大家知道,不管做独立电影,还是商业电影,都需要有特定的语法建构内容把影片的空间填满。

在这部影片中, 我尝试把学和用了二十年的因袭已久的电影法则忽略掉,一切听从心的旨意构成本片的语法。 至于我心生成的影像有没人认识,没关

*《面朝大海,春暖花开》

海子

从明天起, 做一个幸福的人。/喂马,劈柴,周游世界。/从明天起,关心粮食和蔬菜/我有一所房子, 面朝大海,春暖花开/从明天起,和每一个亲人通信/告诉他们我的幸福/那幸福的闪电告诉我的/我将告诉每一个人/给每一条河每一座山取一个温暖的名字/陌生人,我也为你祝福/愿你有一个灿烂的前程/愿你有情人终成眷属/愿你在尘世获得幸福/我只愿面朝大海,春暖花开

*视觉人类学(Visual Anthropology)作为人类学的一个分支学科, 它的意义不单单是影视记录, 还有一个研究视觉现象的功能。视觉人类学不仅仅注重拍摄记录功能的发挥, 更重要的学术使命是对人类已有的和正在发生的一些视觉现象, 比如岩画、民间图形等视觉现象进行观察和研究, 探讨它们背后的人和文化。所以,视觉人类学的拍摄方法是不仅记录人类视觉文化遗物, 更主要的是通过镜像聚焦和折射文化视像 (包括人类活态的视觉文化现象);其方法运用要兼顾不同群体的

系，目前只要我认同就可以了，未来留给时间之心来评判。

这部影片的剪辑和调色也是由我一个人在特别安静的卧室里完成的。

剪片如同打坐或禅定，来来回回，一格一格地磨，有时一个几秒的片段要磨上一个礼拜。磨好的片断接起来反复看，看的时候尽量让自己放空，处于恍惚的'安详的'类似不知身在何处的打坐静默境地，从这个境地里闪现出的灵光和念头，抓住后，构成影片的剪辑点。

用这种方法，我从 200 个小时的素材中剪出 85 分钟最终版本，共花了两年的时间。

有缘的观众可能会感受到本人在创作过程中从心境和直觉中流淌出的投影以及来自天空和浮云的能量反射。

视觉表达、视觉传播和视觉行为等诸多方面。

即时影评

谢嘉幸：这部电影（《浮云》）就把我带进一种很久没有享受过的安详，让人感觉到要去追寻一种前所未有的状态。

大概三个月前，我去了一个遥远的地方，那个地方有三千多平方公里，只有三万多人，地广人稀，有时候走很远都看不到一个人。

一次，我独自跑上了山，在那里看到了你所拍的那种意境，非常清静，人

电影《浮云》剧照，水天人一色，折射出广阔、慈悲、安适的心灵。

特别藐小。

我想，生如浮云就是这样的感觉吧。

这种感觉对于每天生活在忙碌躁动状态里的我们，是多么难能可贵啊！

观众：我也想在此分享一下我的感受。

这个电影一开始就带给我强烈的视觉冲击。

从构图方面来说，它有打破对称的那种妙笔。比如一开始女孩和阿妈她们两个静坐的时候，我发现经卷不在正中间；又如那个癌症患者和他的朋友在对话的时候，他们坐在那儿的时候呈对称画面，但是又不一样，画面中有个树枝闯进画面，所以又多少影响了这种对称的平衡。这种画面构图，既有天然的宁静感，又赋予了一种动态，其巧妙真的令人不由得拍案。

从文化内涵的方面来说，这部作品非常充盈。据我对脉轮学说*的了解，海底轮代表的是红色，这部片子中红色被用到的次数非常多。如片子开始，镜头里是城市的车流穿梭，此时天空变成了红色；后面那个男孩，穿的夹克亦是红

*脉轮学说，是藏传佛教——密宗的独有学说之一。佛教传到西藏以后，受中原穴脉学说的影响，藏传佛教的喇嘛提出一种脉轮学说。他们根据瑜伽的学理，认为人体是由五大元素所组合成的，即以太、气、火、水和土，并且由身体中不同的脉轮(cakras)所支配。人体身体内的七个脉轮，分别控制着身体的某个特殊部位和某些内分泌腺体。通过修炼，可以使身体充满能量。

*海子(1964~1989)，原名查海生，中国现代颇具有影响力的诗人。他虽然终年25岁，但留下了许多广为流传的诗歌作品如《亚洲铜》《春天，十个海子》等，不过最广为流传的作品还是一首短诗《面朝大海，春暖花开》。

色，等等，整个片子用红色贯穿了下来，带给我一种根植在大地上的感觉。

我很喜欢诗人海子，他的诗《面朝大海，春暖花开》可谓绝唱。这首诗以大海为主体意象，用隽永明朗的语言，表现了广阔浩荡、虔诚诗意的精神之乡，整首诗充满了明朗向上的格调，和对他人诚挚的祝福，不过，细心的读者会发现诗中还浅隐着淡淡的心灵之殇。

这部电影的创作者把海子的这首诗植入了影像叙事之中，反映了笑中含泪的人生况味，又因此而丰富了艺术的意象内容，强化了其独特风格的韵味。

另外，这部作品虽然意在浮云，但电影在画面呈现上，多处是那种天地人共一色的令人窒息的美，令人感觉仿佛置身于天堂的世界，不由得引人细细地思索着此生与来世，此岸与彼岸的轮回。所以，这部作品又是佛家文化的呈现。

当然，这只是刚才的匆匆一览，我想真的有时间滤掉尘世烦扰，泡一壶绿茗，慢慢啜饮，播放影片，细细品酌，还会领悟更多。

脉轮学说，藏传佛教——密宗的独有学说之一，认为修炼此功能使身体充满能量。

海子(1964~1989)，一位英年早逝的诗人。

*客观地说，这部具有探索意义的电影，迄今为止也是争议不断，并未被广大观众普遍接受。

下面我们摘录几条豆瓣网友的评论：

网友汤圆 ：参加了首映式，蛮不错的，有些抽象，但不闷，有圣洁感和相当的想象空间。(2013-08-04)

网友 Richi：感谢“@说话说给谁听”的邀请，这部电影真是棒极了。别的不说，只青海风光一项便值回票价，有没有同感？(2013-08-04)

网友 LJ in the past：如果说是玉树风光片的话我信！在昏睡 15 分钟之后，画面还是静止不动呢~画面奇美但是浮云过多，景别单一。藏族演员凑合，男女主角演技非常差！剧情不是我等凡夫俗子可以承受之雷！(2013-08-03)

网友 LIgHToFheaAVeN：看名字影片主角应该是神马。(2013-08-03)

程裕苏：你的影评*说得特别好，我三年的东西你感觉到了。

观众：这个片子让我感触最深的是，它传递着藏传佛教的思想。春夏秋冬的轮回，我只愿面朝大海，春暖花开。它寄托着我们这一代俗事社会人的完美理想。

这个片子让我想起来大学时对我触动比较大的一个文艺片，它也是传递佛教的，韩国的《春夏秋冬》，那个时候我还比较小。

刚才看您这个电影的时候，我的情绪非常激动，因为那部电影里镜头展现人性的东西比较多，是比较残酷的。但是您这个片子到最后还是让我们把一种希望延续了下去。我们对文艺片有一个接受的过程，它不像现在的商业片一样，一个美女一出镜立马给人带来刺激和快乐，而它是一种审美体验，当美好的东西进入我们眼帘的时候，我们能够感受到什么叫审美，什么叫真正的人生。

程裕苏：谢谢你的鼓励，我应该把佛学的精髓带到商业片里，这是个很大的挑战，需要有缘人一起完成，特别是有使命感的投资人、制片人。

你说的那个片子也可以叫佛学伦理片，国人也许不接受用残酷悲剧的方式表现轮回报应，金基德导演在法国学的电影，钟情于发端古希腊的西方戏剧电影悲剧美学无可厚非。

我这部影片，镜头尽量回避暴力和丑恶，试图不着意表面的黑暗，为的是一点一滴地深入光明藏，萃取光明带来的温暖和动人。

谢嘉幸：这部片子给我的感觉还是比较唯美的。影片捕捉了生活中一些

金基德(1960~),韩国著名导演,编剧,其影片多次在国际电影节中获奖,如威尼斯国际电影节最佳影片金狮奖,柏林电影节最佳导演银狮奖等。

司空见惯、容易被人忽视却又十分打动人的美,并将之融入影片的叙事。

记得1997年的时候我去西藏,第二天四点带一帮学生去上山,天地挨得特别近,当时感觉非常舒服。没有诗的语言,却有诗的感觉,就像程导的这部影片带给我们的感受一样。

程裕苏:我补充一下谢老师说的诗意。

这个片子让我想起18岁时背着行囊,从内蒙古的阿拉善旗到西藏,再到云南,包里装的是海子的诗集,对路上遇到的一切,怀有诗意及浪漫的幻想。那是20世纪80年代末,是中国颇有诗意的年代。

《浮云》里的那些空镜头,那些云朵,也是对二十多年前那次诗意旅行的致敬。

上面也提到,我在藏区有大量即兴拍摄。

*所谓类型电影,是由不同题材或技巧形成的不同的影片形态。比如20世纪三四十年代最突出的种类有:音乐歌舞片、喜剧片、西部片、悬念片、恐怖片、犯罪片等。类型片的基本特征:以叙事为主导的规范化审美形式,是大制片厂标准化生产的产物,追求利润的最大化是其目的和原则,视听语言霸权同时带有强化政治文化的含义。

某天黄昏,摄制组从囊谦县城赶往摩耶寺,一大片黑云压在湖面,霞光还是能透过云层,照到湖面上,金光灿灿。此刻,一辆摩托沿着湖边,由峡谷方向开来。摩托的剪影,金色的湖面,黑压压的乌云,云上的霞光,渐行渐远的摩托车声,以及将升起明月,浅蓝色的青藏高原傍晚的天空,对我而言,非常有诗意。

我马上停车,架起摄影机,拍下这幕,并剪进成片中。

现场答问

问:能否谈谈音乐和电影的关系?

程裕苏:我的个人理解是,假如你要做类型*片,你必须要按照类型片的方式来铺音乐:把所有的空间填满来调动观众的情绪。在这类片子里,我尽量不干涉影片自己流淌的节奏,所以音乐没有多或少的问题,只要能跟上影片自身流动韵律就可以。

瞿小松:程导,大家能够从这部片子感受你现在的状态和气质。较之你以前的做事和状态,有很大转变。我觉得这个转变是从2005年开始的。你打电话说,你们来看看我,我变了。你变得非常安静,非常单纯,你皈依了佛教。

有些高僧讲得特别好,佛教这两个字,就是佛陀的教育。这里面的精神和状态非常了不起,佛陀的教育的确开人心智。我特别想问程导,这个片子能拍成这样，跟皈依是不是有关系？

程裕苏：我上午在北大。听说今年考入北大的研究生，无论理科还是工科，学校建议必修课包含佛学或禅学，导师们说把课学好，能让自己的心静下来，做科研时会更敏锐。

就我而言，没有皈依佛教，就没有《浮云》这部影片。

拍《我们害怕》和《目的地，上海》时，（我）还没有皈依，刚从国外学电影回来，这两部影片受西方电影哲学观念影响很深，为此也拿了一些国际大奖。

至于我皈依的过程，也是机缘巧合，那个时候我的上师*刚好从北京到上海要去印度朝圣，我在上海开公司，有辆面包车可以借给他用。

上师那时二十多岁，性格特别好，像小孩，我问他皈依好玩儿吗，他说好玩儿，我说那我皈依你吧，本是一句玩笑话，结果就成了真。

皈依以后两三年没有干其他事情，看了很多佛经，又到北大读了佛学博士，系统地学习了佛学理论，再接着就拍了这部电影。

我上部电影是2005年完成的，2013年完成这部片子，共用了八年时间，这部影片是对那八年人生历程及感悟的总结，也是用心很深的一部作品，人生没几件事值得花八年时间做。

问：如何把握镜头分寸感？

程裕苏：有些镜头时长是没有办法控制的，比如在拍云的降格镜头时，要根据云飘过来的节奏确定片段长度，拍从远到近的摩托，骑车人的速度快慢完全影响我拍摄的时长。拍这些藏区镜头，我没有用故事片的摆拍方式，而是

*西藏佛教对具有高德胜行、堪为世人轨范者之尊称。又作金刚上师。例如：门措上师。西藏人称为喇嘛。喇嘛，为藏语 bla- ma 之汉语音译，本为 bla（上）与 ma（人）之复合词，意指上德之人。相当于梵语 guru（古鲁、咕噜），意即师匠、师范，为古代印度人或一般修行者对其师之尊称。

用纪录片手段拍在藏区沿途偶遇的人或事,如路上的朝圣队伍等。最后混剪,营造出影片另一层不确定性空间,即每个瞬间都是宇宙,每个瞬间都可以成为电影的"故事"。

怎么把片断衔接得更加自然,即让观众觉得不跳?

"跳"在这部片子里不是问题,比如,有些片段过场,有的观众会感觉到"一跳一跳",其实这不是不自然,而是我追求的特殊的艺术表达方式。我希望通过强调影像的隔断完成不同瞬间衔接,从而凸显那倏变的宇宙。

问:如何理解电影的镜头意象?

瞿小松:刚才程老师讲,每个瞬间都是宇宙。本来我正想提这个。他这个电影里面,云在结构,不是"我"在结构。

美国有个作曲家,说他写音乐,不是他告诉音符去哪里,而是聆听声音,遵从它们的意思,跟随它们去它们想去的地方。

一般电影里头所谓的长镜头、空镜头,在这个电影里是本体。

山川就是山川。浮云就是浮云。它们是它们自己。

宇宙当中的每一个个体,都与宇宙浑然无二。

程裕苏:钱穆先生说过,西学的思维方式是线性的,而中学则流淌在阴阳之间,一个是面,一个是线*。

《浮云》在美学上,借鉴了中国传统文化美学,特别是佛家的"意境说"和"静默禅",没有侧重西方戏剧电影美学体系。

17世纪中国画僧石涛*的画风对我启迪较大,石涛在《画语录》中阐明:

*众多学者对中西文化本质进行过归纳。

钱穆:"佛教主出世,而中国人则安于入世。""西方人入世必尚争,中国人入世则尚和。""中国人重在人群中做人,再由人来做事。西洋人则在做事上来做人,在人群中乃看重个人主义。""中国主孝,欧洲主爱,印度主慈。""中国人言思想贵主通,西方思想则贵有别。西方人须一家有一家之特出思想,而中国人则贵在共同问题中有共同态度、共同思想。故西方人贵有一人内心思想之独特异人处,中国人则贵观察于外而有共同之标准与尺度。"

王国维:"我国人的特质,实际的也,通俗的也。西洋人之特质,思辨的也,科学的也;长于抽象而精于分类;对世界一切有形无形之事物,无往而不用综括及分析之二法。故言语之多,自然之理也。吾国人之所长,宁在实践方面,而于理论之方面,则以具体的知识为满足。至分类之事,则除迫于实际之需要外,殆不欲穷究之也。"

李大钊:"南道文明者东洋文明也。北道文明者西洋文明也。一为自然的,一为人为的;一为安息的,一为战争作者必须尊视自己的感受,不择手段或择一切手段来表现自己的感受。

石涛之语对我而言,就是必须不择手段地找出或发明一种手段来展现我从“静默禅”里获得的灵光和影像感受，所以就“伏藏”出这么个形式的电影：一切电影手段都被打破,打破了的手段借着旗下“支离破碎”的影像同盟反身回咬,重新凝聚成力量和手段,傲然挺立,不生不灭,缘起性空地支撑起本片的骨架和神韵。

这样影片解读起来无疑是困难的,没有即成的参照体系。

英国影评大家汤尼·雷恩从熟悉的线性角度阐述本片为：公路片+佛学=佛学公路片。

石涛(1642~约 1707),《竹石图》

国学底子深厚的北京电影学院崔子恩教授,由线到面，把本片推到中国传统文化语境中去解读,认为:“浮云若世,原本对应的是浮生若梦。汤尼·雷恩说,这是一部佛学公路电影。我说,这是一部云路片。云路片的特征是什么?多云少人,人类成为浮云的镜像。我曾经为浮云作为人生的喻体而不平。《浮云》援助我还原人间性与浮云性的互喻修辞。人物之上的云层是真正的主角,不仅仅是在影片中出场的时长，和连续性，不是逻辑主语,是宇宙关系。它与 UFO 结盟。UFO 是地球外围的另一种浮云。影片时间年代清晰,人物流脉曲折

的;一为消极的,一为积极的;一为依赖的,一为独立的;一为苟安的,一为突进的;一为因袭的,一为创造的;一为保守的,一为进步的;一为直觉的,一为理智的;一为空想的,一为体验的;一为艺术的,一为科学的;一为精神的,一为物质的;一为灵的,一为肉的;一为向天的,一为立地的;一为自然支配人间的，一为人间征服自然的。”

*清代画家,画学理论家。清初四僧之一。法号原济,俗姓朱,名若极,字石涛,号大涤子、清湘老人、苦瓜和尚、瞎尊者等,广西全州人。明宗室靖江王朱守谦后裔,明亡,其父亨嘉在广西桂林自称“监国”,兵败被杀,时值若极幼年,削发为僧,得以存活。曾拜松江名僧旅庵、本月为师,传授佛学,云游四方,屡上安徽敬亭山、黄山,流寓宣城十余年。与梅清、梅庚、戴本孝等交往,合称“黄山派”。中年以画名扬四海，与师兄喝涛住南京一枝阁,别号“一枝叟”。两次受康熙接见,献《海晏河清图》。晚年定居扬州,卖画为生,与上层人物交往密切,且同八大山人(朱耷)有书信往来。

*佛教说，人死后以至往生轮回某一

道为止的一段时期，共有四十九天。此时期亡者的灵体叫作中阴(Antrabhara)。中阴要经过三个阶段:临终中阴,法性中阴,轮回中阴。如果生了致命的大病,则是从发病开始,逐渐走向死亡，直到死后法性中阴出现之前的过程，就是临终中阴；在临终中阴之后,开始看到强光、听到嘈杂的声音、出现很多愤怒本尊等景象的过程,就是法性中阴；从投胎前寻找身体以及开始投胎的过程,就是轮回中阴,或说有中阴。从客观上认识，它们属于极度不确定的时段。从乐观上理解,它们就是机会。所以说,平稳安逸的日子固然舒坦,但失去了发展,盈则溢,慢慢走向势态的反面。

可见,但是完全被配角化。在云层之下,地球种种, 都为光与影的残迹……”

问:在提问之前我想先给您说一下我刚才看这个电影的感触,首先大家都发现这个电影的节奏非常慢,需要故意放慢自己心里的节奏去跟上电影。

其次,这部电影有一个特点就是“静”,刚才瞿老师说了,您的音乐没有泛滥,而是用了很多像图像一样的东西,这就是静。

再者,我感觉到的还有一个“悲”字,干妈和干女儿的脸上没有笑容,都藏有心事,佛教不是说人生很苦嘛,这就有一种悲苦的味道。

最后我的一个体会就是“真”,您没有用太多的技巧,图像也没有故意地去美化，比如电影中有一个询问当地人能不能用一首诗换一个酒喝的情节，他竟然说可以白喝酒不听诗歌,这是一个物质和精神的矛盾。

我就在想怎么去处理物质和精神的关系，因为现在的人都会去追求物质,精神就会被压制下来。

佛教讲人在去世的时候是不能哭的,干女儿哭了,如果她一直哭的话她的干妈就会留恋舍不得,成为干妈进入极乐世界的一种障碍,所以她哭的这个情节就不符合佛教的理念吧。

瞿小松:这牵涉到“中阴”*,牵涉到生死之间的过渡,一般人不了解。所以,不知者不为怪。

但是,至少,干女儿哭干妈,是因为爱。爱是慈悲的基座。

问:我也说说我的观剧感受。

我个人特别喜欢片子里那种“咒语式”的佛教音乐,它充满着一种力量,比那些唯美的音乐更能调动人的内心。

同时,这部片子的影像叙事也在许多细节中给人带来心灵的触动。

如,那个女孩在去玉树的路上,一个人走了很久。

我想,可能在座的每一位都特别向往那样的日子,有蓝天、白云,和自然很亲近,没有高楼大厦的压迫感。我觉得人需要一个很大的空间,这样才能自在,比如选择生活在玉树的广阔草原,心会非常舒服,但如果每天都拥挤在北京的地铁,内心必然会焦虑。

人的心灵和身体都需要特别大的空间,只有这样才会有更多的灵感和美好的感觉。

片中,一个女孩一直抱着一本书,因为她需要这本书当依托,这个也是很真实的。

还有就是这个电影体现了人和动物的关系,刻画了人与自然和谐相处的美好图景。

我们也经常会在校园里看到喜鹊,它们非常漂亮,我总是忍不住想凑近观察,其实我并没有想要伤害它们,然而它们需要一种安全距离,每次在我离它们两三米远的时候它们就飞走了,可能在它们的记忆里人类是危险的。

由此,我就在想,是否有一种力量可以让我们真正把那些包袱放下?这种力量又是什么?当然,我知道死亡的力量可以让人放下,就像得了癌症的人是不会在意于许多琐事忧扰一样。

程裕苏:修持佛法。可以让你放下。

问：电影的人文意义是什么？

程裕苏：我想表达的我表达了，我还想表达的你们都替我表达了。我觉得你们说得都挺对的，借用20世纪西藏高僧更敦群培的话，大意是这样的：当我用非常简单的语言说非常高深的问题，大家觉得我是一个没有学识的人。当我用非常复杂的语言说非常简单的事情，大家对我五体投地，这就是人间。

谢嘉幸：刚刚大家都在说怎么放下，我有一个相反的感觉。

我觉得这部片子的意义在于唤醒了我们对诗意的追求，要知道20世纪一度诗意的年代已经离开我们现在很久了。

我们现在更多的时候，包括艺术，是解构世界，它的好处是让我们看到一

更敦群培(1903~1951)，20世纪藏族史上的佛门奇僧、学术大师、启蒙思想家，是西藏人文主义先驱和藏传佛教世俗化的先驱，是朴素的唯物主义者。

些赤裸裸的东西。

但仅仅有这些东西是不够的，因为过度地理性让我们的世界变得冰冷，变成单色调，这种缺少了超功利感性的世界，缺少了温暖和色彩，人的精神世界变得枯燥，情绪也随之浮躁、焦躁、烦躁起来。

瞿小松：正好今天上午我的大课讲到印度古典音乐。

他们有一种音乐，演奏者不图表达，只图跟声音同在。非常美，且永恒。

一次，藏传佛教大师健阳乐住仁波切来做讲演，

他说：我们不是在演出，我们是在这个地方做一个功课，载体是音乐。

听他们的音乐，你会很清晰地感受到他们每个人端坐在那里唱诵，声音

健阳乐住仁波切(1974~　)，又称健阳活佛，是觉囊派第四十七代法王，觉囊派祖庭藏哇寺金刚上师，四川阿坝州壤塘县政协副主席，国家级非物质文化遗产传承代表人

跟整个状态一体。如果你能够进入,那么你也能够如同他们一样跟声音同在。

音乐如果能够用语言讲清楚,就不必存在。音乐超越语言与概念,能让心超然。

程导的这个电影,我感觉舒服,很柔软,触动很深,却没去想它到底要表达什么。这有些像感受音乐。

我有一个体会,一旦你挣脱思维的束缚,你就有机缘见到,天地原来如此宽广。

问:我有两个问题。

一、我们现在生活在一个躁动不安的世界,物质是必需的,因为我们要生存 。可是,您拍这部电影不是为了物质的追求,是什么东西来支撑您完成这部电影?

二、您的这部电影一直在表现那种天人合一的情境,其中还引用了一段新闻播报,说考虑一下“我们为什么存在”的问题。但是我觉得“我们为什么存在”这个问题只存在我们自己每个人的心中, 而并非可以用什么物理的或者人为的东西来解释,这只是我的个人观点。也希望您能谈谈这个问题。

程裕苏:我先说我自己,为什么要拍这部电影?因为没有人做这样的电影,所以我必须要做,特别在当下的中国电影大环境下。

非常感谢投资人,我的老同学吕宏旦先生,让我有机会不受任何限制地完成此片。

假如影片有功德的话,这个功德要面向给他和有缘人。

这样的影片，通常在西方国家是由国家基金或大学研究所出资扶持的，这样的机制在中国生根发芽还需要点时间，今天中国音乐学院在座各位对本片的讨论和厚爱，也是一种支持，起码在学术领域。

瞿小松：这个话题牵扯到了艺术和市场。

中国的艺术市场没有完全成熟，绝大多数投资人看重的是票房，所以，很少有人有机会坐下来、定下来安静做艺术电影。

李安导演是从独立电影起步的。

纽约、巴黎和伦敦有非常好的独立电影观众基础，北京和上海慢慢也出现了。

所以，中国的人口基数这么大，只要我们欣赏艺术电影的观众越来越多，电影市场越来越成熟，相信艺术电影会有大好前景的。

程裕苏：关于第二个问题，我认为，电影从诞生起就指鹿为马地投映我们的心，勾起我们心中的幻影，观众对着一块相同的幕布反射着不同的悲欢离合。

当投映结束，影厅灯亮起，观众或欢笑或悲伤地走出影院，一切重归寂然，黑暗中，电影之神或许会默然叹气：傻孩子们，怎么当真了*！

谢嘉幸：艺术重要的意义在于审美的分享，艺术学习的重要方式是心灵的自得。

感谢程导给我们带来的审美之旅，感谢同学们的热情参与。

谢谢大家，今天的“三人谈”就谈到这里，我们下周再见。

*电影“犹如”梦境：它创造出一个虚幻的现在，一种直接呈现的过程。

编后微评：

佛教是世界三大宗教之一。教义强调苦、集、灭、道“四谛”，宣扬人死精神不灭、生死轮回、因果报应、慈悲为本等。最近央视也开始做关于佛学文化的专题节目阐释佛理。看来，作为中华传统文化三大支柱之一，作为一种精神信仰，越来越被当代中国主流社会接受了。

中国有本土佛教，即汉族佛教——禅宗。“了见本性”为禅，宗门“直指人心，见性成佛”，其禅道不拘泥”坐禅”“观定”，注重“渐悟”“顿悟”“见性成佛”。所以，程导的《浮云》，究竟妙门何在，我看还是读者诸君各自参悟吧。

音乐篇

这里所指的是专门为特定电影或电视剧而创作、编配的音乐，即影视音乐。影视是一门集体创作，包括诸多艺术、技术元素的综合艺术，音乐是综合元素中的重要一种。在影视音乐创作中，作曲家要依据导演的总体构思，用音乐表达思想、抒情状物、渲染气氛、强化情绪、加强戏剧性，配合塑造影片(或电视剧)的整体艺术风格。在无声电影时代，音乐只是电影放映时的伴奏，那时很少有专门作曲家为电影编配音乐。到了有声电影时期，音乐在电影中的表现力更加为导演们所重视，开始出现了为电影而创作音乐的作曲家。随着电视剧的出现，音乐在电影、电视剧中的地位愈加巩固，成为影视艺术中一个不可或缺的重要子类艺术和表现要素。

施万春：谈人生、音乐与人才培养

施万春，1936年6月14日出生于河北青县，1961年毕业于中央音乐学院作曲系，后留校任教；1973年开始在中央乐团从事音乐创作；1984年任中国音乐学院作曲系主任、教授。

施万春于1965年开始从事电影音乐创作，先后为《青松岭》《良家妇女》《开国大典》《重庆谈判》《如意》《二十六个姑娘》《大决战》《决战之后》《七七事变》《梅岭星火》《孙中山》《欢乐英雄》《钢锉将军》等数十部影片作曲。

施万春所创作的影视音乐作品受到了社会大众的高度喜爱和艺术界的广泛认可，旋律流畅，音乐优美，富有情感的流露，使音乐完全融入了电影艺术中。

讲座导读：

在音乐界，为影视剧专门创作音乐的作曲家大有人在，却甚少有专门从事影视音乐创作的作曲家。因为，影视音乐毕竟只是音乐领域中一个狭窄的艺术类型，且又仅仅作为影视这个综合艺术大家庭的一个成员。但这个成员不可小觑，许多优秀影视作品，因为优秀音乐存在而大放异彩。不过，总的来说，要创作出成功的影视音乐却不是一件容易的差事。它就像戴着镣铐舞蹈，一方面剧情发展、画面长度及蒙太奇等等因素都直接限制音乐的内容、风格和篇幅，使其变得片段化、素材化，很少有机会作为一个完整结构的艺术实体而存在（主题歌曲除外）；另一方面，它还要更多考虑和家庭其他艺术成员的关系，即要和音/画、视/听等影视元素在情绪和节奏等方面和谐共处。所以创作出好的影视音乐不容易。不过，在这一领域，仍然涌现了大量优秀影视音乐作曲家。在老一辈作曲家中，施万春就是其中杰出的代表。

他在电影音乐上表现出的“杰出”主要体现在三方面。一是突破俗套，使音乐被赋予突出的个性。如在影片《良家妇女》中，他以中国古老的传统乐器埙的演奏主导影片的整体音色。二是纵横捭阖，游刃有余的技法运用。如在影片《贞女》中，他用二胡演奏主导整体音色、音调，使音乐富有了浓郁的民族风格，同时大胆渗透了现代音乐的技法，使影片音乐超越了“表情”基本要求，而进入“表意”的深层。三是独具一格，却深谙与影视艺术中其他成员的相处之道。如他在为影片《孙中山》配乐时，广泛运用了浪漫派、民族派和现代派的创作手法，使音乐具有了独立的个性品格，同时能同影片内容、画面有机地融为一体。音乐精彩，但又不喧宾夺主，始终让观众在不觉中沉浸于观影的整体体验。果然，这部片子的音乐众望所归，摘取了 1987 年第七届中国电影金鸡奖最佳音乐奖。

百闻不如一见，今天，我们的“三人谈”特别邀请施万春教授来跟我们分享他的音乐人生与艺术感悟。有请施万春教授，同时有请今天的对话嘉宾瞿小松教授、谢嘉幸教授。

谢嘉幸：今天非常荣幸，我们请来著名作曲家施万春教授来做客我们的“三人谈”。施万春老师也是我读研究生期间的作曲老师，我的作曲学得不是太好……

施万春：没有不好的学生，只有不好的老师。

谢嘉幸：哈哈，老师幽默。

最近学校组织了一个国际的创作比赛——《中国之声》作曲比赛，请施老师做评委，赛后，施老师写了一篇文章，写下了自己很多感想，然后打电话给我，把这篇文章发给了我。

我一看，非常激动，那篇文章写得非常非常好。今天，我们可就此做一番研讨。

另外，去年瞿小松老师也写过一篇文章，叫《虚幻的主流》，今天我们请施万春老师来，正好两个作曲家也可以就这个问题进行一次交流。

施万春其人其事

谢嘉幸：施老师写过很多作品，声乐曲，器乐曲，舞蹈音乐，影视音乐等等，比较著名的有《沿着社会主义大道奔前方》《送上我心头的思念》《梅岭三章》《啊梦》《咏鹅》，《银河之歌》（中央电视台银河合唱团团歌）、《女人肖像》（获第四届世界妇女大会优秀歌曲第一名），《橘子熟了》，《回音壁》（获第八届金钟奖金奖），《红棉颂》《节日序曲》《怀念曲》，舞蹈音乐《版纳风情》，以及根据影片《贞女》重新整合创作的《随想曲》，根据影片《孙中山》重新整合创作的交响组曲《中山颂》等等，此外，施老师写了六七十部影视音乐，如《青松岭》《太阳和人》《如意》《良家妇女》《贞女》《开国大典》，《孙中山》（获第七届中国电影金鸡奖最佳音乐奖），《传奇皇帝朱元璋》等。

施老师还参加了芭蕾舞剧《红色娘子军》的创作，参加了交响音乐《沙家浜》的修改和为《黄河大合唱》重新配器、重新编合唱的工作。

施老师的作品，是以感人的旋律、细腻的和声以及辉煌的配器著称的，我觉得在整个中国的音乐创作上，他是独树一帜的。

另外，他在教书育人方面也做了很多工作，他在学校不仅担任博士生、硕士生、本科生和附中学生的导师，还在延庆办了一所作曲家学园，每年都为国家培养不少音乐人才，为我院和其他院校作曲系输送了不少生源。

为此，政府几年前给他颁发过“先进工作者”奖杯，我院也给他颁发过“老有所为”奖状。

瞿小松：施万春老师是我非常钦佩的前辈，刚学作曲时就老听施老师的作品，特别是施老师的音乐旋律给了我特别深的印象。

施老师的功底真是很厉害的，因为平常没有太多时间接触，所以，我特别期待在音乐里多向施老师学习，现在有请施老师发言。

施万春：我这个人虽然白发苍苍，但是我并不保守。

我是北京市第一批用电脑作曲、玩 MIDI 中的一员，要知道北京市的第一批，可能就是全国的第一批了。

另外，大家可能不太了解，20 世纪七八十年代我在中央乐团(即现在的中国交响乐团)工作时期，当时还是“四人帮”时期和“四人帮”刚被打倒时期，那时候会议特别多，喝水是问题，因为还没有发明保温杯。端个茶杯去开会吧，携带不方便。于是流行用罐头瓶(蜂蜜罐头或水果罐头)装茶水，盖拧紧了，往兜里一揣，非常方便。发明用罐头瓶喝水的人正是我。

后来有一些女合唱队员，用塑料来织成那个衣套，不仅不烫手了，还有点保温作用。

不仅如此，我还是首批在北京骑电瓶车中的一员，电瓶车、摩托车、三轮摩托，我都骑过，我很时尚，并不保守。

*厉声,音乐理论家,1984~1987 年担任中国音乐学院院党委书记兼院长,1987 年~1990 年任中国音乐学院院党委书记。

现代与传统

现代音乐我从 20 世纪 80 年代就开始欣赏、研究。那一阵我几乎不买传统音乐的唱片,都买现代音乐的,而且我当时还研究爵士乐,研究邓丽君。

因为听邓丽君(的歌),老婆差点和我离婚,她把我骂得狗血喷头。因为当时刚刚改革开放,很多人对邓丽君的音乐是排斥的,认为那是靡靡之音、"吊膀子音乐"。

1984 年,我被调到中国音乐学院来任作曲系主任,当时的党委书记兼院长厉声*找我谈过一次话,主要看我的办学理念。

他问我:"你看作曲系以后培养什么样的人才好, 像刘文金那样的好不好?"刘文金大家都知道吧,就是写《长城随想曲》《豫北叙事曲》的那位作曲家,在厉声看来,刘文金是比较民族的,我回答说:"刘文金我们要,比刘文金还刘文金的还要!"

他又问:"像杜鸣心那样的呢?"我说:"杜鸣心我们要,比杜鸣心还杜鸣心的我们还要。"

他最后问:"像谭盾那样的总不能要了吧?"我说:"不,谭盾我们要,比谭盾还谭盾的我们还要。"

事后，我知道他对我这么回答不太满意，因为他希望要的是刘文金那样的，他觉得杜鸣心太洋了，谭盾又太怪了。

我觉得，现代技法和传统技法是各有所长的。

在表现特定的情绪、感情、环境、心理、意境、情节等各个方面，现代技法能表现的，传统技法不一定能表现得好，而传统技法能表现的，现代技法也不一定能表现得好。

1980年我到九寨沟体验生活，看到诺日朗瀑布，横断面有100多米，几公里外就可以听到那排山倒海的巨大声音，我非常兴奋，就在上游找了一个招待所住下来，听了三天瀑布的声音。

你知道吗？当一个人耳朵听麻木以后，就会产生各种幻觉，各种联想，虫鸣鸟叫，虎啸狼嗥，女人的哭泣，古战场的厮杀，还可以联想到群山、大海、日出。

我很兴奋，于是回来就写了管弦乐《瀑布》。

但是可想而知，这种感受用传统技法很难表现。所以，我用现代技法中的简约、多调等手法来写。

又比如我在1984年创作的黄健中导演的电影《贞女》的音乐，影片表现了女性的压抑与扭曲。

故事梗概是这样的：解放前，一个女孩子嫁给一个木头人，按当地习俗，有钱人家的男人死了，拿块木头刻成人形，当活人，也要娶妻，多少年来，她一直陪着这个木头人睡觉，心里自然压抑和扭曲。后来，她爱上了一个常到她家教孩子读书的私塾先生。两人的偷情后来被发现了，女的被沉塘溺死，男的被放狗咬死。

像这样的音乐，我觉得用传统的音乐是不大容易表现的。所以，我也借鉴了一些现代手法。

先后进入两个怪圈

六十多年来，中国音乐创作先后走进了两个怪圈。

第一个怪圈，是20世纪50年代。特别是1957年反右以后，1958年“大跃进”，那时候提倡的是文艺的“三化”“二为”*。

那个时候你打开收音机(那时还没有电视机)收听的全是人民公社好啊，总路线好啊，“大跃进”好啊，都是这种革命歌曲，写也只能写这种歌曲。

我有一个同学，原来特别沉醉于音乐，把音乐看得非常神圣，那时都想改行，不想再学音乐了，因为神圣的殿堂倒塌了……

大家可能不知道，我原来是多么迷恋音乐，家很穷，没有钢琴，没有钱交学费，只好自学，参加了中学学校的钢琴小组，自学钢琴，自学和声，自学配器，父母爷爷奶奶都反对我学音乐，连乡亲们都反对，认为音乐是吹鼓手，三教九流，但是我不顾家庭的反对，废寝忘食地学习音乐，最后考到中央音乐学院作曲

*“三化”是20世纪60年代中期周恩来总理提出的革命文艺发展方针。具体包括“革命化”“大公化”“民族化”。在这一方针指导下，作曲家创作了许多革命文艺作品，如音乐舞蹈史诗《东方红》、芭蕾舞剧《白毛女》等。“二为”是1980年7月26日由《人民日报》发表题为《文艺为人民服务，为社会主义服务》的社论正式提出的，它概括了文艺工作总任务和根本内容，是中国社会主义文艺发展的总方针。实际上，这是长时间以来文艺工作路线的总结。如1942年5月毛泽东在《延安文艺理论》中提出的文艺为人民服务，不同历史时期存在不尽相同的艺术观念。20世纪60年代，即使到80年代初，就是中国改革开放初期，许多人还反对个性张扬，将其批判为“个人主义”；在艺术形式上将其指责为形式主义。但随着国门进一步打开，人们思想进一步开放与眼界进一步开阔，才出现个人主义，个性主义和形式主义恰是现代艺术的核心理念。

系，可是这时突然感到自己走错了路，当初还不如学别的，或者回家种地。

改革开放以后，出现了第二个怪圈，现代音乐开始涌进了我国，禁锢多年的中国音乐界突然一下子被唤醒了。

这时人们克服了极“左”思潮，不再提所谓的“三化”“二为”。也不再搞什么教学改革，教育革命，更不用担心随时会扣下来反党、反社会主义、反革命的大帽子，开始提倡个性化，提倡标新立异，提倡走前人没走过的路。说音乐就是音乐，不需要形式，也不需要内容，更不需要考虑受众群体。

就这样，好多年，在教学上，“现代主义”基本上一言堂。学生在作品中不敢用传统技法，如果用了就会受到老师和同学们的挖苦、嘲笑，得不到高分。更有甚者，有时候老师把作品扔出去，许多学生认为学传统没有用，学和声也没有用，学好了和声也不见得能作好曲，传统和声害死人，不写现代音乐就是落后、守旧，等等。于是，音乐又走进了另外一个怪圈。

现在，我们在怪圈里走路似乎越走越窄了，一方面我们的音乐听懂的人少了，听音乐不是在享受，而是在忍受，不是在欣赏，而是在受罪，等等；另一方面，作曲家还振振有词，说听众不懂现代音乐。

其实我觉得作曲家忽略了一个问题，音乐是要给人听的，哪怕是写神、写鬼，也是要给人听的，听懂的人越多越好，没人听了，这种音乐也就没有存在的必要了。

*施万春提出的这个问题曾长时间存在，即以专家意见为标准。但2017年文化部颁发的“十三五”时期艺术创作规划提出：“把群众评价、专家评价和市场检验统一起来”进行艺术创作评价。可见，现在中央的文艺评价思想有了调整和发展。

怪圈在学院，应该怎么办

怪圈在学院里盘桓很久了。

现在音乐学院作曲系学生的不少作品都是风格怪异，色调单一，手法雷同，音响刺激，内容脱离现实，等等，他们自称这是“现代主义”风格。这种“风格”几乎是当前各大音乐学院作曲教学的主流，甚至成为评价作品高低好坏的一种标准。

举个例子，前几年我有一个本科学生，她写了一部弦乐四重奏的作品，很认真地写了一个学期，写得非常好，很好听，很干净，也很感人。但是作曲系的老师集体打分只给了65分，学生和我都非常生气。

第二学期要开音乐会，我鼓励她上这部作品，开始她还很犹豫，觉得分数太低，怕丢人，我说不会的，你放心吧，后来上了。

作曲系请来国家交响乐团的弦乐四重奏组，排练的时候，演奏员们都说这部作品最好，演出时听众也很热烈，作曲老师们也夸奖这部作品好，一些老师对我说：“你的学生这部作品写得真不错！”于是我反问他们：“真的好吗？”他们说：“真的好！”我说：“既然好，为什么上学期打分时你们只给了65分？”老师们惊讶地说：“有这回事吗？不会吧……”他们早已忘记了这回事了。*

这个学生第二学期只用了几个小时,写了一个现代简约风格的重奏作品,作品并不成熟,但没想到竟得了90分!

四十多年前,我大学时期一个蒙古族同学,叫美丽其格,他写了一首歌《草原上升起不落的太阳》,还记得这个歌吗?

这首歌作曲课老师只给打了60分。

但是,第二年这首歌就红遍了大江南北,我觉得这两个例子,还有更多的例子,对学院派是一种绝妙的讽刺。

当然,我说这个不是全盘否定学院派,更不是全面否定这种风格存在的意义。

从积极的角度来说,现代派作曲重视技术、学术,鼓励探索、求新、立异。

从它的负面来看,过分追求技术或学术性,追求谱面的复杂,追求标新立异,结果忽视了听众,忽视了音乐是听觉的艺术这一基本属性。

如果再继续这样下去的话,恐怕学院派作曲这条路就越走越死,走进死胡同了,所以我大胆提出我的观点。

那我们应该怎么办呢?

从态度上来说,我觉得在如今的多元化的时代,我们的艺术流派,应该是相互兼容,兼容并蓄,而不应该相互排斥。没有绝对的主流,也没有绝对的非主流。

从行动上来说,要扬学院派之长,避学院派之短,把我们的教学真正脚踏实地地搞好,是至关重要的,因为我们的音乐学院作曲系培养的是对时代、对人民有责任心的作曲家,而不是把音乐束之高阁的儒雅文人,也不是卖弄学术的作曲学者,更不是单纯追求技术的作曲匠人。

那么作为一个作曲家应该作什么样的曲子呢?

我把它分成四类。

第一类是雅赏俗不赏;第二类是俗赏雅不赏;第三类是雅俗都不赏;第四类是雅俗共赏。

第一类和第二类,我觉得都不乏好作品,第三类肯定没好玩意儿。第四类,我觉得应该是作曲人追求的最高目标,最高境界。

我认为任何好的作品,最终达到雅俗共赏,群众、专家都喜欢。有些尽管群众今天听不懂,但明天会听得懂。

另外,我们应该培养什么样的作曲家呢?

我认为,作为当代的作曲家,应该技法掌握得越多越好。因此,不管是传统的、现代的,都应该学。

当然,对于学习作曲的本科学生则应另当别论。

我认为他们对学习的内容要分出轻重缓急,首先把传统的学好,因为不管将来你搞传统音乐,还是搞现代音乐,流行音乐,都必须先把传统音乐学好。

到了高班或研究生阶段再学现代的也不迟。

我之所以提出先学好传统音乐创作技法是因为传统的最重要, 是造就任何流派作曲家的基石。学不好传统,也搞不好现代。传统和现代是不可分割的,不可跳跃的,是一个循序渐进的过程。

至于对还处于附中阶段的孩子而言，那就更应该另当别论了。

有一个小孩，非常有天赋，原来是跟我学的，因为我们学校当时还没有附中，后来我就把她介绍到另外一个学校，找了另一个老师学。

可是这个孩子上了一个阶段的作曲课后，最后还是放弃了。因为老师一开始就要求她模仿那些现代主义，那些小二度、大七度的音响，孩子不喜欢，写的东西总达不到老师的要求，还经常遭到老师的训斥，所以每次上完课后都要到我家里大哭一顿……

所以，我说现在好多学校从孩子开始，从附中开始，就学现代、后现代技法，那简直是在残害儿童。

瞿小松：真的敬佩施老师，我没有想到，人至耄耋之年，仍然心系我国的音乐和音乐教育，做出如此精彩的“不平之鸣”。

谢嘉幸：是的，施老师的这个演讲，说出了很多学子的心声。

有个学生叫侯静，咱们学校的毕业生，2004届的，她看完施老师的一篇文章后，发表感想说：

“施老师，你提出了一个我曾经思考，而后不愿思考，最后不敢思考的问题。我离开这个圈子已近八年，不是淡漠，而是惧怕，当初的我们谁不是怀着一颗爱音乐的纯粹的心来学习呢？只是，慢慢地，慢慢地，‘好听’的音乐不再是我们追求的主流，在不断地求新求变中，在一次次现代音乐的逃课中，我渐渐迷失，渐渐偏离，渐渐地失去了热情……

“还记得上次在上海的聚餐中，李西安老师*问我为什么不坚持做音乐，

*李西安（1937~　），男，音乐理论家，中国音乐学院教授，曾任中国音乐家协会书记处书记、中国音乐学院院长。

我半真半假调侃说:‘不愿以此为生,亵渎音乐。’这句话有逃避,也是我最心底的话,当时也和要好的同学说过,以后我要好好地经营生活,有闲暇,我们投缘的朋友组织小型沙龙,写我们喜欢的音乐,演奏我们想听的音乐,我不愿再为了分数,为了认可,为了生存去写音乐！所以我,逃离了……”

施万春:我知道这个学生,原来是咱们附中的,后来考到本科来,大家都公认她是个好学生,有才,有想法,高为杰老师也经常夸奖她。

但是到了大学以后,因为不适应现代的学术风气,所以慢慢就讨厌音乐了。现在索性不搞音乐了,在上海开了一家卖婚纱的婚纱店。

谢嘉幸:这个学生的故事真的令人唏嘘,我不是说卖婚纱不好,而是感慨我们现代的创作人才教育。

不过,这虽然是个例,但还是有很多值得我们反思的地方,如李老师问他,为什么不坚持做音乐,她说:“不愿以此为生,亵渎音乐。”

小松,你是怎么看待她的这句话的?

瞿小松:这实在是一个很严重的问题。

我在上海音乐学院教书的时候,就发现有些同学在一二年级时都非常有才气,可是到了后来就越来越不行了。

其中有个女孩子,写的作品非常典型,怎么不舒服怎么来,怎么枯燥怎么来,我就问她:“你自己喜欢吗?”她毫不犹豫地回答说:“不喜欢”。

我说:“你既然不喜欢,为什么还要这么写?”

她说:“不这么写,就不在主流里面。”

所以,现在的“主流”是非常可怕的,已经成为专制的代名词。

我刚到学校的时候,看到同学们的作品,基本上也是这个状态,就很想和同学们见见面。

后来我们见面了,我问大家:“开心吗?”

然后就是一片叹息声,都说不开心,可见这个情况已经非常严重。

所以,我说,咱们干脆忘掉现代音乐这几个字,回到音乐本身吧。

冷视现代音乐

瞿小松:刚才我们冷静下来,理性地讨论一下现代音乐。

我认为每一个流派,都有它的长处和它的短处,如果我们把一种东西说成唯一的标准,绝对不正常,至少绝对不健康。

学院派不顾一切地追逐所谓“主流”的现代音乐是一个怪圈,我完全同意这个说法。

但,如果一个人从事音乐工作,真心地喜欢现代音乐,那么这是他自己的选择,没有任何人有权力剥夺其个人的兴趣。

谢嘉幸:另外,刚才施老师讲的两个怪圈,当时打破“左”的怪圈,让现代音乐进来,还是有积极意义的,但是后来变成了一种教条,就不对了。

甚至也有一些理论家说，我们现在中国音乐已经进入了序列时代，所以序列音乐要从小学开始，我觉得非常可笑。

瞿小松：其实我认为序列音乐对于多数作曲专业的学生而言未必需要去学，稍微了解就可以了。

勋伯格十二音*一开始就有问题，非常严重的问题，它想要让每个音脱离调性的束缚，把十二个半音统统放在一个平等的位置上，似乎是让每个音都自由了，实际上是没有自由，因为每一个音的出现必须是等其他十一个音都出现完了才能出现，否则就容易形成调性感。

另外，由于用十二音技法所写的音乐是无调性的，所以都是灰色的，失去了以前调性音乐的魅力，如调式调性的转换、色彩变化等等都消失了，从听觉上来讲，你用了千般技巧，没有一丝新鲜感。

所以，花那么多的时间、精力去学习和研究它，真是没有必要，这是我的观点。

施万春：关于这个问题，我曾经和一位在美国学习多年并获得博士学位的青年作曲家探讨过，他是专门搞现代音乐的，而且十二音搞得很不错。

我说调式、调性的变化在音乐中占有很重要的位置，我没统计过，中国的各民族、各地区的调式，外国各民族、各地区的调式，再加上人工调式，不下几千种，非常丰富多彩，而十二音序列音乐，是牺牲了这些丰富多彩调式特点，不管怎么分组怎么变化，最后色彩只有一个——无调性。

当时他一愣，说："啊，对呀，我怎么没考虑过这个问题呢？"

*"十二音"即"十二音技法"(Twelve-tone-tiech)是一种组织无调性音乐的技法，是西方现代音乐技法之一，亦称"十二音体系"。这一技法是把一个八度中十二个半音按照一定顺序排成序列，这个序列被称为原型，把原型用"逆行""倒影""倒影逆行"等方法发展音乐，这一技法是奥地利作曲家勋伯格1921年成体系推出的。

我再说一个小故事。

有一位德高望重的老师,在听完谭盾的音乐会后对我说:“这种音乐不可不听,也不可多听。”他还对我说:“我实际上不是很喜欢现代音乐,我学现代音乐和写现代音乐只是对过去禁锢的逆反……”

看来,这可能就是被我刚才说的第一个怪圈逼的。

谢嘉幸:的确如此,我们看待问题,应该回到历史的语境来看。

在二战时期,民众确实有一种反叛的心理。那个时候,说你是犹太人,马上可以把你拉出去枪毙。所以,在那时,写出来的音乐非常刺激,非常紧张,那是社会环境造成的,是有道理的。

现在不是这种状况,现在是多元化的时代。所以就不应该是一种风格、一种流派了。

在现代的社会语境下,十二音若作为一种增添的、新的色彩,作为多元中的一个,当然是可以的,我们不是简单地否定。

瞿小松:我认为不能因为现代音乐的反叛,而确定它的意义,这是把音乐当作革命的手段,其实那样已经失去音乐自己了。

人类的不同传统,没有一个自然传统是无调性的。所以说,欧洲二战之后的学院派音乐创作,基本上是一个游戏罢了。

实际上,刚才我提到的那个说“我不喜欢”的女孩,她所说的音乐,实际上不是音乐,而像是设计,像画图一样,感受不到音乐。

其实如果是设计的音乐,就没有意思了,作为观众我们干吗要花这么多的时间去听你的设计呢。

所以,无论什么音乐它的可听性都是极为重要的。

听觉与音乐

瞿小松:很多学生的音乐写得非常复杂,但听起来很单调,恰恰相反,好的音乐应该是看起来简单,听起来却非常丰富。

谢嘉幸:我同意刚才小松说的,其实音乐首先还是听觉艺术,离开了听觉的音高设计,就失去了意义。

有一次,我拿着一部作品请教杨儒怀先生*,我说您看这十二个音这么摆,明明是147、258,实际上是一个集合,为什么还要说它是序列音乐,其实它已经没有序列的感觉了。

他说,你说得有道理啊。

瞿小松:所以说我们写东西,不能离开听觉。

谢嘉幸:这一点,我的感触比较多的是施老师的东西。

他十年前、二十年前创作的许多音乐我听了很喜欢,现在听仍然很喜欢。

咱们听施老师两首声乐作品,一首是《送上我心头的思念》*,这个是很有名的。还有另外一首是《人字歌》,也叫《雁行》,是电影《太阳和人》的主题歌。

*杨儒怀(1925~2012),男,原中央音乐学院理论作曲系教授、博导,曾长期从事作曲技术理论教学和科研工作,在曲式与作品分析理论方面具有独到的研究成果。曾出版《音乐的分析与创作》一书。

*《送上我心头的思念》是为纪念周总理逝世两周年而创作的,歌曲发表于1978年3月4日《人民日报》第四版。歌曲饱含了对周总理的深切怀念之情,音乐抒情、优美、流畅、婉转、动听、感人,有叙事性和抒情相结合的艺术特点。气势宏大具有交响性钢琴伴奏,所以这首作品一经推出,即受广大人民所喜爱,广为传唱,直至今日。

(播放音乐)

瞿小松:这两首歌很棒,很凄美。

通过施老师的歌,我们可以从人声和乐队的关系方面谈谈他的音乐。

一个人的声音是没有办法跟铜管相抗衡的,更没有办法跟整个乐队抗衡。因为很多作曲家在写作激动的时候,很容易把乐队写重,致使人声得不到很好的展现。

而这首歌在人声与乐队的织体控制、音量控制和音区控制上,做得非常好,使得乐队和人声互不干扰,相互配合,各自都得到了突出,整体效果非常圆润。

这看起来很简单的问题,却是很多作曲家没有注意到的。所以一听这个歌的时候,就很佩服施老师的功底深厚。

谢嘉幸:这两个作品已经成为经典传世之作,尤其是第一首作品,写的是对周总理的怀念之情,在当时的社会影响非常大,是家喻户晓的。

第二首因为有一些特殊原因,电影没有被播放,所以影响不是太大,但是这一首歌在音乐圈内影响很大。

这首歌的旋律,和声以及配器,都是从内心深处涌现出来的、发自内心的,所以,我每次听都会感动。

瞿小松:里面的口哨音乐好像是真人吹的。

施万春:是的。

《雁行》这首歌是 1980 年前写的,在乐队配器时用了口哨和吉他,这些都是在中国电影音乐史上首次使用的。

当时找这个吉他手很不好找,没有几个会弹的和弹得好的。

现在听来,当时受科技发展的局限,录音效果也不是很好,但是,真情还在吧。

学院派作曲人才培养

施万春:我们学校有一个毕业生,到了一个单位,人家请他给个曲子配器,结果弄得非常难听,排练完以后,从指挥到乐队队员都哈哈大笑,说怎么音乐学院培养这样的学生。

还有一个学生在咱们学校附中读了三年作曲,后考入中央音乐学院读了五年作曲本科,最后,还读了三年研究生。

这个学生可以说是个天才,当时他考中央音乐学院和中国音乐学院两边都考了第一,钢琴、即兴演奏、和声和作曲的感觉都非常好。

十多年音乐学院科班培养完了,毕业后他以钢琴伴奏身份被分配到某文工团工作,领导想要测试他的创作水平,就让他将一个歌曲改编成合唱。

他编了一个多月。

后来拿给我看,我一看,太怪了,太难听了,于是又花了好多时间才帮他改好。

所以现在有的学生就说:“走进(音乐学院)校门以后和传统的说拜拜了,走出校门以后和现代的说拜拜了”。

其实更多的是传统的没学明白,现代的也没学明白。

前几年中国交响乐基金会举行高峰论坛,我去了。

在会上,我发表了言论,我说,现在各个省各个市如雨后春笋般成立了许多交响乐团,说是为了繁荣中国交响音乐事业。现在全国有百十个交响乐团。每个乐团都在排练外国曲目,难道这就是发展中国交响音乐事业吗?

我认为,发展中国交响音乐事业关键是作曲,是培养中国自己的交响音乐作曲家。

我说音乐学院作曲系培养的毕业生,离一个交响音乐作曲家还很遥远。应该再进交响乐团继续深造,再锻炼个十年、二十年才有可能成为一个地地道道的交响音乐作曲家。

虽然我能力不强,但是还得益于中央乐团和中央芭蕾舞团。因为我毕业以后不久,就到中央芭蕾舞团,后来又到中央乐团,先后二十年,受益匪浅。

那时我每天听排练,有时候还要自己上台指挥,跟乐队零距离。这样的训练才使我的作曲能力、配器能力有了实质性的提高。

中央芭蕾舞团、中央乐团应该是我的第二个母校。

那时候中央乐团创作组有二十多人,除去三四个写词的,剩下全是作曲的,很庞大。

但是现在一个都没有了,不知什么时候解散了……这是一个非常错误的决策。绝大多数青年作曲家得不到锻炼不说,作曲学子们毕业就失业,因为他们没有了去处。而乐团要演奏中国曲目,还不得不花巨额来委约作曲家。

我发出了呼吁,强烈呼吁各个乐团恢复创作组制度。

在会上,他们都说我讲得很有道理,但是会下就有人向我表示,他们是要和市场接轨的,要讲票房价值的,你们培养出来的毕业生写出来的东西都是怪怪的,没法用啊。

所以说,我们现在的作曲人才培养是有问题的,不是没有社会需求,而是我们音乐院校培养出来的人达不到他们的要求。

这种问题真的需要我们好好反思了。

施万春:不过,最近听说一个好消息,中国音乐学院作曲系在教学上有所改进,招的学生进来以后先学传统,而且先不分专业,等到三年以后再分,比如作曲专业、视唱练耳专业、电子作曲专业等等,以后还可能有和声专业、复调专业、配器专业、作品分析专业、流行音乐专业、影视作曲专业等等。

这样给学生提供一个自己选择的机会。老师中有善于教传统的,有善于教现代的,还有善于教流行的,学生可以选择不同的老师。

我觉得这很好,我们就应该有自己的学术思考,按照学理的规律办学,不要总是跟着别人跑,要走自己的路。

如是,走的人多了,我们国家的音乐和音乐创作人才教育也就不存在第二个怪圈了。

瞿小松:其实要走出怪圈除了要改变行为,还要改变观念、更新认识。

在西方，现代主义文化起点可以上溯到1913年。

那一年，斯特拉文斯基写了《春之祭》*，画家毕加索做舞台设计，著名舞蹈家尼仁斯基编舞。

那一年毕加索画了《亚威农少女》，因为那幅画接受非洲木雕影响，非洲木雕体现了黑人看待世界的方法，这种风格以至于影响到后来毕加索立体主义创作的形成。

现代主义追求新，曾经有一段时间影响非常大，特别是二战以后，激进的第二维也纳乐派得到政府的资助，所以他们在创新尤其是形式创新上做了大量的文章。

但是百年之后呢？他们还新不新？

中肯地说，直到现在他们还在坚持，不过听众越来越少了。在西方的音乐生活当中，先锋派已经不再是主流。

实际上整个20世纪至今，人们的音乐生活，非常丰富，非常多元，有很多人喜欢听非洲音乐，有很多人喜欢听印度古典音乐，也有很多人喜欢听日本雅乐，等等。

现在，如果有人有兴趣写现代音乐，别人不会干涉，但要所有的人全去写，那是很可笑的，因为那不是唯一的东西，更不是主流。

然而十分吊诡的是现在中国各大音乐学院里，现代主义、先锋派这个好像是一个主流。但在中国的音乐生活当中，这根本不是主流，而是一个非常非常小的支流，没有人愿意听的支流。

*伊戈尔·斯特拉文斯基是美籍俄国著名的现代作曲家，他创作的《春之祭》是一部著名的舞剧作品的音乐，其内容反映的文化主题是俄罗斯原始部落中的人祭。斯特拉文斯基在自传中写道：我好像看见一个庄严的偶像崇拜仪式，年老的智者围成一圈席地而坐，眼看着一名少女独自舞蹈直至死去，他们要把她作为献给春神的祭礼。这就是《春之祭》的主题。

所以我说学院派的现代主义这个主流是十分狭窄的，不过这个“狭窄的”主流里现在也特别讲究中国风格。

什么是中国风格？

其中一个重要特点就是包容。你看，琵琶不是中国的，是从西域过来的，最早是在伊朗。现在我们看到的叫“北琵琶”。南音里用的还有一种叫“南琵琶”，但是无论哪一种都不是中国的。唢呐不是中国的，二胡也不是中国的，所有带“胡”字的乐器都不是中国的，所以说中国风格就像一条大河，什么东西都来，各种溪流都可以进来。

从这个层面来讲，没有多元化、包容性，现代音乐就没有真正的中国风格，要做到真正的中国风格就不能抱残守缺，只盯着现代音乐的僵死的教条。

至于刚才施老师讲，中国音乐学院作曲系已经有了一个非常好的开端，我认为课程改革还要特别注意一个问题，就是师资问题。

因为没有好的师资，在高校作曲教学改革中，再先进的思想也只是空中楼阁。

现场答问
如何听赏现代音乐

问：我是学艺术管理的，对刚才老师说了一句话我比较有感触，他说现在有很多现代派的作品，是设计出来的。让我想到自己的一次听赏体验：一次在一堂音乐欣赏课里听到一个上海音乐学院作曲系同学的作品,这个作品是他自己作曲、自己演奏的琵琶曲,表现的内容大概是跟水有关的。当时我听的时候,感觉到他在努力地去营造一个画面,但是,很遗憾,我可能跟这个曲子没有缘分。我是看了他自己的介绍,然后再去考量他的音乐,但是,可能是我的期待值太高了,听到最后我仍觉得差了点什么,我觉得这个东西没有真正能触动我,虽然它是一首技巧很精湛的曲子。我想问施老师,这是为什么呢?是我欣赏能力有限呢还是作品有问题?

施万春:这个作品是现代风格的吗?

答:当时老师介绍的时候说,不是完全的现代作品,还是有一些传统的东西在里面。但是我听了以后,同样觉得是有违于传统,又不够现代。

施万春:你觉得好听吗?

答:一般。

施万春:那就说明没有写好。

当然这是一个粗略的判断,实际上可能是由于你的问题,也可能是创作者的问题。

对于音乐内容的理解问题,我觉得不必要太具体。

有时候作曲家即使这样想,这样说了,你也可以不按照他的意思去听,去理解。

但是音乐本身要感动人,要让人认为好听,听得很舒服,或者很美。

美当然是广义的,纯粹的美是美,怪味鸡也是美,臭豆腐很好吃也是美,总之,不管什么风格,大家喜欢听,有味道就行了。我觉得不必附会作曲家本身的解释。你完全可以按你自己本身的理解来理解,如果你理解不了,也许是你的问题,也可能是作曲没作好。

以你提到的这个作品而言,当然我没有听过,只是猜测,如果音乐单纯表现水,那就没有太大意思了。如果还能表现某种意境、心情或者别的,就会有意思了。

问:我能听出来技巧,但是我听不出来气韵,就是这种感觉。

施万春:这个问题,一会儿请小松来回答。

我先说一个小故事:

我有一个在美国的朋友,叫黄安伦[9],他跟我说在美国听了一个音乐会,其中有一个是描写水的作品,那个作曲家很省事,也属于设计音乐。

大幕还没打开,灯光暗了下来了,然后,大幕拉开了,有一束追光,追到一个少女,手提一个塑料桶走到台中心,这时大幕又关上了,观众听到哗啦哗啦的水声,水声消失以后,大幕又徐徐拉开,这个女孩子拎着水桶又走回去了。

这种水声很妙,你可以联想,可是这个是什么意思呢?

瞿小松:我估计是行为艺术。

施万春:好,那就请小松对那位同学提出的问题谈谈他的看法吧。

瞿小松:这个同学的问题让我想到科普兰*写的一篇欣赏的文章:

当我听新作品的时候,我心情就非常兴奋,我有一个期待,如果这个作品,我很喜欢,我觉得自己特别幸运,因为作曲家给我写了这么一个作品。

*黄安伦,男,作曲家,出身于音乐家庭,5岁开始随父母学钢琴,毕业于中央音乐学院附小、附中。1976年,被聘为中央歌剧院驻院作曲家,1989年赴美,先后在多伦多大学、匹兹堡大学及耶鲁大学学习,1986年以最优秀奖获得耶鲁大学音乐硕士学位。后定居加拿大,曾连任三届加拿大安大略省华人音乐协会主席,他在海外为传播和弘扬中华文化做出较大贡献。

*艾伦·科普兰(Aaron Copland,1900~1990年),美国作曲家,是第一位被认为最有本土风味的美国作曲家。1925年他获得古根海姆奖,这是该奖项第一次发给一位作曲家。1940~1965年担任位于坦格伍德的伯克希尔音乐中心作曲部主任。从20世纪50年代开始,他经常担任欧美地区著名管弦乐团客座指挥。代表作品:《墨西哥沙龙》《短交响曲》《管风琴交响曲》《第三交响曲》等。

如果没有感觉到喜欢,我觉得也还好。

其实,你刚才讲的气韵和触动,没有具体的例子是很难讲的,任何一个人看事物的角度不同,见解不同,差别就会很大。

另外还有一点,如果你听了这个作品或其他作品不能让你满意的话,其实是很正常的。

欧洲文艺复兴以来几百年,每个一百年里能数得出来的作曲家没有几个,留下来传世的作品也没有多少。那就是说,人无论在任何领域,都有不同层次的能力,能力最高的总是很少。

我记得在意大利佛罗伦萨的时候,参观了一个非常棒的美术馆*,它可以说浓缩了意大利的整个油画发展历史, 从文艺复兴之前一直到文艺复兴的高峰,大部分杰作都在这里。

看那个博物馆的时候我觉得很震撼,但我又发现,在几千幅、几万幅油画当中真正特别吸引我的,没有几幅,所以,看完之后,我就觉得很失落。

另外,还有就是每个人的趣味指向也不一样,有的人喜欢复杂的东西,有的人喜欢单纯的东西。

但好的音乐总是相似的,就是贝多芬说的那句话:好的音乐总是从一颗心出发到达另外一颗心。

他说的是好的音乐,没有说所有的音乐,因为就音乐作品而言,确实有它的多面性,有时音乐是需要解释的,通过解说可以帮助人们更好地领略音乐的内涵;但有的时候就没有必要这样做,它只需要让大家忘掉所有,只是听音乐。

*应该说的是佛罗伦萨乌菲兹美术馆(Galleria degli Uffizi)。它是意大利最有影响力的美术馆,也是世界上最著名和最大的美术馆之一。

其实音乐是没有办法表现的，只能是传达，所以，我觉得音乐又是不需要解释的。

谢嘉幸：听了小松的话，我有几点体会。

第一，他刚才讲，音乐也是有层次的。当然，从另外角度讲，音乐更应该是多元化的。

比如我去听一个用南音音调写的交响乐，如果你从交响乐这个角度讲是可以的。但是，你如果用它代替南音是绝对不可以的，这完全是两回事，就像我们建立一个生态保护区，但如果把它变成一个旅游景点，那就全破坏了。

第二，你说你看了这个音乐的介绍文字，我想问大家，你们认为这个文字跟这个音乐有关系吗？

当然可以有，如果文字很美，能够和音乐之间能相互激发，或者说，你对音乐的理解与感受被文字激发了，那我说，这个解释者写出了很有文化感觉的东西来。

其实，此物非彼物，文字和音乐是两个不同的东西。如果有人能够通过音乐写出了很好的文学作品，使很多人喜欢上音乐，这就足够了，至于他写的文章是不是那个音乐本身，这并不重要。不要把这两者混为一谈。就像贝多芬看到了席勒的诗《欢乐颂》，很有触动，创作了《第九交响曲》，你说，贝多芬的交响曲就是席勒的诗歌，那绝对不是。文学不是音乐本身。但你说两者没联系，又不对，因为两者在表现或表达的意旨上又有许多相通和相同之处。但从形式的本质上来说，这两者又是不同的东西。

所以我们经常说,解释就是我用文字表述这个音乐是什么,它体现的是一个人在音乐触动下形成的个人审美感受以及在此基础上创造、表达出来的信息。音乐本身是不需要说的,因为每个人都会有自己的审美感受和审美创造,而且是因人而异的。

如果我们要说一个作品的音乐表现时,就应该弹一个,演奏出来的声响就是音乐表现,不同的人会有不同的音乐表现。这才是音乐本身的东西,不是说别的东西能够替代的。

瞿小松:我想从另外一个角度说明这个问题,我认为欣赏音乐可能就是在追求音乐对我们心灵的触动。

对于创作者而言,就应该通过自己创作出的音乐触动心灵,打动他人。这是判断一个音乐好坏的基本标准。

至于从音乐欣赏的角度讲,趣味无可争辩,每个人可能有自己所好,我们不能说自己喜欢的就是好音乐,自己不喜欢的就不是好音乐,比如说我们中有些人会喜欢明式家具,喜欢它的简洁。但又有些人喜欢清式家具,喜欢它的雕饰。* 但有一点可以确定,没有人喜欢的音乐一定不是什么好音乐!

另外,还有一点要说明,通常我们在欣赏音乐之前都会有一种期待感,如果能够放下期待,就可能会有不同的收获。因为你没有期待就不会有失望,你没有期待,就可能会有一些意外的收获。

问:我想问两位在座的作曲家,你们都听什么样的音乐?

施万春:近几年,我平时听音乐的时间很少,放松的时候,特别是在开车

*实际上,中国古典美学中有许多相似命题的阐述,如《诗品》载:“汤惠休曰:‘谢诗如芙蓉出水,颜诗如错彩镂金。’”所以,对于艺术或如初发芙蓉,美在清新自然;或如错彩镂金,美在华贵繁饰,人的审美,各有所好,不相碍也!

*迪米特里耶维奇·肖斯塔科维奇(1906~1975),20世纪世界最著名的作曲家之一,是苏联最杰出的作曲家、钢琴家。

的时候(我会开车),坐在车上边开车边听音乐,我喜欢听爵士音乐或欧美的流行音乐。

瞿小松:我做学生的时候,主要是听欧洲作曲家的音乐。

那个时候喜欢的比较多,最佩服的作曲家是巴赫,觉得最遥不可及的是莫扎特。

我曾经猜想,李白是不是可以跟莫扎特相比。后来我把李白所有的诗读了一遍,我觉得他比不了,莫扎特简直是一个奇迹。如果把“天才”用到莫扎特身上的话,就没法用在第二个人身上了,因为欧洲的作曲家没有再出现第二个莫扎特。

巴赫就是平常心,就像平常与神聊天的样子,他对神不仰视,对人也不俯视,而是平视。平视是非常好的角度,所谓平常心就是平视,当你平视的时候,你才能平等,当你平等的时候,才会享受到不同的趣味。

20世纪的作曲家,我最佩服的有三个人。

第一位是肖斯塔科维奇*,因为我听他的音乐的时候被触动,音乐是可以触动和它相近的人的。我在聆听他的音乐时可以清晰地感觉到他非常了解声音。例如他的第十交响乐一开始可以让一个弦乐声部的长音持续很久,没有和声,也没有复调,他就敢这样做,为什么?因为他了解声音,信任声音,对声音的把握太棒了。再如第十二交响乐中有一段,他用了一百个男低音,这一百个男低音,从头到尾就唱一个声部,但乐队非常精彩。

很多二战以后的作曲家,不懂得声音,而去堆砌很多声音,所以那个声音没有穿透力，包含的信息量也是很少的。有时候，单纯的声音可以实现高度的浓缩、高效的传播，用极简单手段，传递很强烈的气息，这是很难的。相反，有时复杂的声音，信息是互相抵消的，声音很复杂，但内容很干瘪。

第二位是巴托克*，我非常喜欢巴托克，我觉得自己身上和他有相近的东西。也就是说，从本质上讲，他的作品是贴着地的，刚才施万春老师讲接地气，巴托克是个接地气的人，他说他的音乐其实跟农民的音乐没有本质上的差别，唯一的差别是他是个作曲家，他会做一些技术性的处理。

第三位是斯特拉文斯基*，狂野是他的本性，近乎动物猛兽般的本性。他的狂野到现在为止，没有任何人可比。这是他的本质，很原始的本质。

当然，斯特拉文斯基的音乐虽然很夸张地狂野，但不会让人烦，因为他组织得非常好，那个狂野的感染力非常强大。

后来的一些音乐流派，由于好奇心，我也听了一些，以后就再也不想听了，因为它们不触动我。他们自己也没有被触动。既然没有触动，我觉得就没有必要去听，没有必要耽误这个工夫。

二战以后，欧洲作曲家，只有一两个是触动自己的，他们也一直表达着这种触动，我偶尔会听听他们的作品。

休闲时，我和施老师一样喜欢听爵士乐和欧美流行音乐。

有一次我听了一首流行歌曲，歌词大意是：这个世界没有国界，所有人都自由来往，就像兄弟一般来往……我当时感动得眼泪夺眶而出。我觉得这首歌曲的深度和感人的程度，一点不亚于贝多芬的《欢乐颂》！

*贝拉·巴托克（Bela Baytok，1881~1945），匈牙利作曲家、钢琴家、教育家、民族音乐家。被誉为“20世纪前半叶继德彪西之后的三位大作曲家之一”（其他两位是斯特拉文斯基和勋伯格）。代表作有歌剧《蓝胡子公爵的城堡》、舞剧《神奇的人》等。

*伊戈尔·斯特拉文斯基（1882~1971），美籍俄国作曲家、指挥家和钢琴家。是现代音乐中领袖人物。代表作有芭蕾舞剧《火鸟》《彼得什卡》《春之祭》等。

问:施老师,您好,我想提一个与音乐无关的话题。我们知道许多著名作曲家的能力不仅仅在音乐上,如莫扎特擅长数学,舒曼原来是学法律的,俄罗斯的强力集团的作曲家们其本职工作原来都与音乐无关,我想知道您在其他方面有什么特长或爱好?

施万春:其他方面非常一般,我没有更高的修养,只是喜欢。

文学也好,美术也好,天文也好,《易经》也好,我都只是喜欢。

我会算命,胡说八道。

我喜欢开车、下棋、打扑克、打乒乓球。打乒乓球这两年因腰腿不给力,不打了,原来四合院里的学生、家长都打不过我。

总体来说,我的爱好还是挺广泛的,但是都不精。

当然,我觉得作曲家首先应该是性情中人,应该是平常人。

如何写出好音乐

问:请问施老师,怎样才能写出大众喜闻乐见的歌曲?

施万春:要想写出大众喜欢的东西,最基本的要做到两点。

第一是通俗。

通俗的东西才是大众的,大众才喜欢。

但通俗不是庸俗，陈词滥调大众也是提不起兴趣的，就像让你天天吃一种菜，你肯定很快就吃够了，甚至讨厌起来。

所以，还要做到第二点。

就是有新意。有新意就是不落俗套。

问：施老师，您创作了很多脍炙人口的电影歌曲，不俗气，让人印象深刻，又非常感人、打动人，您是怎么创作出来的？

施万春：要写出不俗气的歌曲，那就是要赋予音乐以个性。

当然，过于强调个性也是不对的，现在好多人太强调个性了，就走向另一个极端：怪！

所以，我认为音乐的个性要跟人的个性同步。

我们做人一般到40岁才可能形成个性，在这之前，都是在摸索着怎么做人，做个什么样的人。

我们做音乐，也差不多在40岁才能形成自己的个性和风格。

我就是在40多岁时才写出刚才大家听的影片《太阳和人》的主题歌，到这时候才感觉到懂作曲。

下面我就给大家说说这个作品创作的细节，可能要比光说道理对大家更有启发。

起初，我和编剧白桦，导演彭宁和美术师吴厚信在广州迎宾馆的一个房间，坐在一起探讨这个影片应如何开始，主题歌应该怎么介入。

讨论得非常兴奋，最后片头的画面被确定为天空一个太阳，地平线上一棵随风摇曳的小草，银幕左下角飞出一只疲惫的大雁，飞到右上角又绕回来，这时不再是一只，而是一群大雁，排成了一个“人”字，又飞向左上角，就这样在天空盘旋，音乐这时开始了……

为了构思这首歌曲，当天晚上，我躺在床上翻来覆去，兴奋得一夜没有睡觉，经过一夜的思考，似乎旋律已经朦朦胧胧地有了，开始是花腔女高音飘逸的引子，然后是六弦琴表现疲惫的大雁，最后是男低音唱出发自肺腑的叹息般的旋律。

可是当时剧本还没有成形，歌词也还没有出来，白忙活了。

过了一段时间，等剧本和歌词出来之后，我又花了三个月的时间，才把原来的感觉找回来。

我写作的时候一直处于兴奋状态，感觉特别顺手，如有神助。这首歌写完之后，我曾一个星期都没睡好觉，整天满脑子里都是这个旋律。

这个歌曲感动了很多人。

有一个十八九岁的女孩，听到这首歌的排练，就哭着跑出去了。

还有，一个画家，可能因为讲的是画家的命运，所以这个画家专门到我家要听这首歌，他是个五十来岁的男人，他听这歌，听着听着就哭了，因为他联想到自己的身世。

另外，我还听说这部剧的编剧白桦在受审查阶段，整天也听这首歌，是这首歌陪伴他度过那难熬的痛苦岁月。

这首歌成功了，我至今也觉得这是一首不错的作品。后来我总结出一条经验：只有感动自己，才能感动别人。

如何成为一名好音乐家

问：我想问问两位作曲家，怎样才能成为一名好的作曲家呢？

施万春：这个问题不太好回答，但我想一定要包括这么几个方面。

第一，要成为作曲家，他应该学会写各种各样的东西，掌握很多很多的创作技法。

第二，写出雅俗共赏的音乐。

现在我们音乐学院的许多学生，太过于追求表面的技巧，过于追求表面的分数了。最后弄得雅赏俗不赏的东西不会写，俗赏雅不赏的东西也不会写，雅俗共赏的东西更不会写，只好写那些雅俗都不赏的玩意儿了。

……

这么讲，好像也没把这个问题说清楚，小松，你来说说吧。

瞿小松：我觉得，好作曲家一定要创作出大众喜爱的音乐作品。“大众喜爱”的音乐作品可以分两类。

一类是在时间的横向的面上的大众喜爱，也就是说在一段时期内许多人喜欢。

拿流行歌曲来说,20 世纪 60 年代,甲壳虫的音乐风靡整个西方,你可以看看纪录片,很多女孩子见着那些歌星出来的时候,都会晕倒,现在大陆也是如此。

20 世纪 80 年代中国的一些革命歌曲也写得很好, 那时候也是家喻户晓的,很多人都喜欢。

但这类音乐过了一段时间就很快没人听了,不是说这些音乐不好,而是时代性太强了。

我写的音乐不属于这一类,如何成为这类作曲家,我没有发言权。

二类是在时间的纵向的面上的大众喜欢,也就是那种经典音乐。

有时候,这种作品单看一个时期,喜欢的人不是很多,甚至小众,但它能历久弥新,经过几十年甚至上百年、数百年,还有人特别喜欢,如果我们把历史上喜欢这种音乐的人数加在一起,人数巨多,我觉得也可以把这类音乐称为大众喜欢。

如何成为这类大众喜爱的作曲家,我认为要做到纯粹,就是不必考虑市场因素,只管全身心地投入,把心中最好的音乐写出来就好了。

施万春:我再补充一点。

我认为要成为好的作曲家一定应具有很深厚的传统功底。

这个传统功底包括很多方面,包括西洋的技术,和声、复调、配器、曲式结构等等,也包括民族的传统音乐,说唱、民歌、戏曲、丝竹乐、吹打乐等等,都算。而这个作曲家应该对这些传统有着广泛的接触和吸收,越多越好。

我举一个例子，1965 年，我为电影《青松岭》创作了一首歌，叫《沿着社会主义大道奔前方》，很多人都喜欢。

大家想，如果我脑子里没有，怎么可能写出这样的旋律，这样的风格呢？

我虽然是在河北农村长大的，没有太多河北音乐方面的积累，但是在写这首歌之前，我曾经研究过唐山皮影戏。

唐山皮影戏里面的大跳大滑，我觉得很有特点，特别适合表现河北人的那种豪迈、粗犷。所以，我就在创作时有意识地用到这里来了。当然，我没有把整个皮影戏的旋律拿过来，而是把它的大跳大滑借鉴过来。

在这首歌的创作过程中，我还体会到，一个好的作曲家还应该做到“吃桑叶，吐蚕丝”，这当然只是个比喻，是从蚕学来的，其意思就是说我们要有消化和转化传统的能力，不能“吃桑叶，吐还是桑叶”。

总之，那些大众喜爱的作曲家，尤其严肃音乐作曲家都是有着扎实的传统音乐创作功底，对民族民间音乐有着深入广泛的认识和掌握，所以他们的作品才能够经得起推敲，富有特色，虽然经过历史的不断淘汰和选择，但这样的作品终因积淀深厚而留了下来，成为经典。

谢嘉幸：两个小时很快过去了，大家一定会感觉有所收获，因为今天两位著名作曲家传授了真经，同时又会感到意犹未尽，因为还有很多的问题要问。不过，没关系，施老师已经表态，只要大家需要，他可以随时归来。现在让我们用热烈掌声对施老师表示感谢，同时也希望施老师再次做客《音乐纵横三人谈》。

（掌声）

好，今天我们三人谈到此结束。谢谢各位。

编后微评：

今天的讲座可谓地地道道的“音乐纵横三人谈”，作曲家、理论家谈音乐、谈人生，似乎有说不完的话题。但细心的读者发现没有，台上讲话的现实音乐家和他们的心灵投射出的外化物（就是他们的音乐作品）有着无缝隙的接通呢？就像施万春教授是多么乐活爱业、喜欢探索、心态包容、充满情感、追求卓越的老人啊，这不是和他的音乐一样一样的吗？听完这场讲座，你再找来《沿着社会主义大道奔前方》《送上我心头的思念》听听，看是否如此。

策划篇

策划有两种意思，一是一种行为，近乎计划、谋划、筹划；二是对从事策划、筹划工作人员的称谓。在影视的制片、运作和管理中，“影视策划”是指替出资方提出片子构想、联络创作人员、有时也参与片子监制等环节的一类人员及其活动，这类人员往往是出资方的可信人员，要求既懂创作又会管理，对影片从剧本开始到最后的放映发行做出各个环节的构想谋划。“影视策划”在影片整个运作过程中的作用有点类似于战时军队的参谋部人员。

李洋：我看中国影视二十年

李洋，著名电视剧的策划人，影视评论家，毕业于中国社会科学院研究生院。现担任艺通网投资顾问团的策划人。社会职务包括中国广播电视协会电视制片委员副会长，中国电视艺术家协会电视剧委员会副主任，中国电视艺术家协会电视评论委员会副主任，国家电影审查委员会委员等。

策划作品《DA师》《无愧苍生》《最后的骑兵》《历史的天空》《激情燃烧的岁月》《幸福像花儿一样》《沙场点兵》《士兵突击》《将门风云》《男人的天堂》《新敌后武工队》《石破天惊》《神舟》《我的兄弟叫顺溜》《战北平》等。

著作《世界百部战争电影》《世界摇滚音乐大观》《好莱坞妙语精华》《二十世纪战争电影》《边缘艺话》《战地物语》《光荣梦想》《凯旋》等。

策划监制作品《历史的天空》《亮剑》《幸福像花儿一样》《沙场点兵》《士兵突击》《雄关漫道》《狼毒花》等数十部影视剧。

讲座导读：

策划，用老百姓的话讲，就是出点子；按照《海量大典》的解释，策划就是谋划；在传播学者胡智锋和电视人张绍刚看来，策划就是借助一定的信息素材，为达到特定的目的、目标而进行设计、筹划，就是为具体的可操作性行为提供创意、思路、方法与对策。

那什么样的人是策划人呢？行内的领军人物李洋曾在接受媒体采访时给出了他的回答：策划人要做到“四人合一”。一是杂览群书的博学之人，二是八面灵通、富有社会资源之人，三是影视制作的牵头人，四是为影视剧实施开药方的诊脉之人。

李洋的观点听起来似乎和学术界的看法不太一致，其实别有深意。为何？俗话说，鞋子适不适合，只有脚知道，人适不适合，只有心知道。行内人的认识是从实践中直接产生的，其观点其实是基于大量的经验事实。

所以，我们今天特邀了著名影视策划人李洋老师来跟我们谈谈中国影视二十年。

有请李洋老师，同时有请对话专家：谢嘉幸教授、丁旭东博士。

第一次到这样特别的学院(中国音乐学院)与我非常不熟悉专业的高材生们做交流,真是有种班门弄斧的忐忑,因为我一直在一线从事电视剧的策划,至今做了100多部电视剧,到今年大概能破120部。音乐是我们这个行业中一个非常重要的单元,也是一个非常重要的环节,电影和电视离不开音乐。所以我本着一个来学习的态度,希望在一会儿的对话过程中,能够深度地去聊一下这方面的事情。

说实话我不知道到这儿应该侧重讲什么,大家对什么样的事情感兴趣,我就更多地集中说说我们这个行业和我从事行业工作的一些体会。

二十年影视业风云变化

我记得在二十年前刚刚进入电影界的时候,那个时候电影还是老大。作为电影界的从业人士偶尔到电视剧里头客串一下,打打工,自己会觉得是一件很丢人的事。那个时候电影是绝对的老大,电影是艺术,电视剧就是挣点零花钱,当时私下都是这么一个概念。

随着电视产业迅速做大,电影的地位受到了强有力的冲击。

在最近二十年间,中国电影曾经进入一个斯文扫地的阶段。

二十年前,我们整个电影体制是国有体制,国有几大电影制片厂——北影厂、上影厂、八一厂,还有一些小一点都是国企。在前年年底之前,这些电影厂已经全部根据中央的指令改制成为企业。

中国电影业的“翻身”

现在特别要说的一个现象就是中国电影业“翻身”。的确,最近是有一些影片创造了疯狂的票房业绩(至于内容和品质单说),这在文化市场上的确创造了中国电影历史的奇迹。

为什么?

我想,很大一个原因是中国加入了世界贸易组织以后,电影的性质发生了大变化。它的境遇,从过去的意识形态的党的宣传喉舌,变成了一个商贸系统中的文化商品。

实际上美国人当时跟中国谈判贸易协定的时候, 要求第二个准入的谈判,就是要求谈电影。谈判时,朱镕基总理在任,美国来了一个特别犀利的谈判代表,大家可能也有印象,非常瘦瘦的一个女人叫巴尔索夫斯基(谐音),非常厉害。她说的话就是你们必须必须……说出来的话都不是商量,全部是硬条件,要我们必须放弃一,放弃二,放弃三,然后他们才有可能接受中国加入世界贸易组织。

当时朱总理是个很强势的总理,但是他也没办法。

我记得当时我们电影局出席的谈判代表是刘建中局长,谈判回来之后,在一个场合我见到他,问他谈判怎么样,刘局长说:“首先我作为国家非常边缘化的一个局长,坐在了第二把交椅的位置上,感觉受宠若惊。从前,电影局的代表都坐在最后面角落的位置,但是这次在谈判桌上,坐在龙永图*先生的身边。”

*龙永图(1943~),中国加入世界贸易组织谈判的首席谈判代表,原国家外经贸部副部长。现任复旦大学国际关系与公共事务学院院长。

经过这样的一个谈判,确切地说是加入了世界贸易组织之后,中国电影的命运开始了变化。

我当时有一个预感,我觉得中国电影可能会被强制性地纳入商业轨道。它将不仅仅是一个文化产品,不仅仅具有意识形态,更是一个商品,进入贸易中。

其实,这个对中国电影,对过去几十年来一直在意识形态下的新中国电影来说是一个颠覆性的要求。如果再按原来的概念要求中国电影的话,中国电影一定会死得很惨。

大家知道,中国电影现在号称世界老二,偶尔会落到老三。世界电影业三巨头:美国、中国、印度。最近,我们老二的位次偶尔会被印度超越。因为某些年份,印度的电影产量超过中国的总体产量。

这跟印度社会民众的影视文化生活有关。

印度人很少看电视,印度人整个娱乐都是在电影院。他们都是歌舞片,印度人特别爱唱唱跳跳,一边讲故事,一边唱歌跳舞,所以他们的电影非常发达。

中国,一个电视大国

反观中国,是一个电视大国。

前些年国家电视主管部门曾经宣布中国有几个世界第一, 像中国电视机拥有量居世界第一,中国的电视观众总数居世界第一,等等,统计了一下,有五六个。

这几个第一呢,后来可能受到中央领导的批评,说你们不要老吹牛,第一有什么意义? 现在不提了,但实际上客观数据的确是这样,我们的电视业创造了若干个世界第一。

中国电影都到哪里去了

电影呢?

这几年一直维系每年五百到六百部电影的生产总量。*但是,大家如果进

*据统计,2016 年中国共生产 944 部电影。总产量比上一年增长 6.3%。

影院看的话,会发现不知道这五六百部电影都到哪儿去了。目前我们能够进入院线的国产电影不到20部,也就是说绝大多数的电影上不了商业院线,绝大多数的作品只是完成了它们的创作,但是完成不了它们的传播。

这是一个很尴尬的情况。

造成这一情况的很大部分原因是中国现在电影资金的来源很多是隐性投入(包括政府的投入)。

我去年到广东,他们举办了一个全省宣传部长的培训,邀请我做讲座。

我在讲的时候,收到很多部长递来的条子,大概的内容是他们想做电影,他们有什么什么,比如,最近冒了一个什么英雄人物、模范教师、模范警察,诸如此类的,他们不想让这些模范都模范在那儿,所以政府准备投资来做这个事情。

我举这个例子就是说明,我们的五六百部影片绝大多数来自这样的投资。

我当时就劝他们说,你们这个电影是可以拍的,但是播不了,就是进不了院线,这样的电影没有商业价值,最好用纪录片或专题片方式拍一下,最后能够在电视台播一下就可以了,未必一定要做胶片,做电影,即使做了也卖不掉。

这个现象说明什么?

说明现在在我们中国电影当中,绝大多数电影都是档案电影,就是档案馆电影。档案馆电影的工作周期是创作,搞一个首映式之后,直接送档案博物馆封存完事,这就是档案电影。

中国电影走入国际了吗

现在中国电影还有一个突出现象,就是最近市场特别火。

拿《泰囧》来说,当时他们准备拍的时候,我也想用王宝强来演我的一部电影,但是后来因为这样那样的原因没有谈成。突然有一天,王宝强打电话说,他明天去泰国,我说干吗去,他说要去拍个电影,叫《泰囧》。

这部电影创造了 12 亿多的中国票房奇迹, 其实这是一个很抽筋、很闹腾、很神经病的一个电影。无论从电影的文化,艺术,还是从电影本身的历史横向比较,都会得出这样的结论。可是,特别奇怪,它成功了,而且作为一面镜子可以观测我们现在的文化,我国年轻人的精神需求。如果从这个角度来分析它,这部作品是有它的价值和意义的。

但是,我们的大脑也要保持清醒。

《泰囧》这部在中国票房如此成功的电影,你们知道它在美国的票房多少吗? 说了你们都不会相信,它在美国几乎是零票房,真是一个耻辱!

可是这就是中国高票房的电影,它在中国虽然成功了,但到底上不了台面,说白了就是窝头,即使我们卖了一个黄金窝头的价格,其实还是窝头。

所以我说,我们目前的电影市场的确繁荣,但它不是一个质的繁荣,我始终觉得它是一个杂粮的农家乐式的繁荣，上不了大台面，更放不到国际平台上。

电影是一个很体面的艺术，但是我们现在做得非常不体面，尽管有很好的票房。

话说电影业的中国式繁荣

我们现在的电影业就是一个病态式繁荣。

一部电影票房的成功，几乎来自我们和电影制作人在一起赌博的结果，而《泰囧》的成功更是刺激了大家赌的欲望。你想，《泰囧》仅仅 3000 万的投资，却卖 12 亿多，这不是吓人吗？多高的超额利润，多大的诱惑？

接着，多少人在这种诱惑之下，跟风而上，即使没跟风的，当时和《泰囧》一起投拍的其他电影干什么去了？

我告诉你们，都死掉了，更准确地说，绝大多数都死掉了。

现在的电影业就是这样，有极高的风险和不可估计性。

*为了保护他人隐私，只为说明现象，文中所列单位名称和人名均为代称，请看官勿对号入座。

业态现状

实际上，我们现在很多的戏投入巨大，上亿的投资也越来越多，这使得我们对这样的一个市场，既充满了期待，同时也感觉到恐惧。

因为赢和输都是分分钟的事，输赢没有什么规律可循。成功了不知道为什么，失败了也不知道为什么，所以说现在的中国电影，我们从票房角度来测算它的成功是没有规律可循的。

没有规范和规律可循是目前我国电影市场的真实状态。

有时候你可能会觉得它很好，而实际上它的票房很惨，非常惨。有时候你认为这个戏肯定不行，但是它的票房居然很好，非常好。

前两天我在一个会上，碰上我们艺研院的一个副院长*，也是我的一个朋友，一位著名的教授，刚看了姜文的电影新片回来，一脸的愤怒。我说怎么了，他说这部片子太令人愤怒了。我当时没看不知道，但我知道他是一个非常专业的学者。结果怎么样？这部片子创下了超过7亿的票房纪录。这部片子就是《让子弹飞》。

三人谈

*现在“IP电影”成了国内最火的概念之一。IP是什么？是英文Intellectal Propert(知识产权)的缩写。有专家指出，其本质就是粉丝经济。

电影市场的粉丝时代

丁旭东：李老师，您说中国现代的电影市场票房没规律可循，我不这么认为。我借用一个影评人的话说，现在中国电影市场是粉丝时代，在这个时代，比的不是别的，比的是粉丝量，比的是你的忠实粉丝数的多少*。一个导演，只要拥有庞大的粉丝群体，这时候，你拍的什么不重要，你会不会导演不重要，但是你拍的电影的结果却是可以预料得好，就像韩寒、郭敬明，当然，我不是说他们俩不是好导演，但中肯地说，他们可不是经验丰富的导演。我们知道，郭敬明的导演处女作《小时代》收入了将近5个亿，而韩寒的导演处女作《后会无期》只用了18天就收获了6个亿，这难道不是“粉丝效应”的表现吗？

李洋：在社会进入了互联网时代以后，粉丝文化的确成了现实，从商业营销上来说，粉丝经济做得很好，现在淘宝等网上商城就是瞄向了粉丝人群，围绕那些明星大“V”去打这个牌,粉丝的购买力和消费力又很强,所以很多像《小时代》《后会无期》这些被粉丝力挺的作品,在票房上会如此成功。

再谈粉丝经济与粉丝文化

李洋:粉丝经济为什么在中国有很大的可能?因为中国的人口基数很大,一个人拥有两千万还是三千万铁杆粉丝,是可以量化的。一个粉丝一张票,再延伸乘以二,即带上他或她的朋友——女朋友男朋友一块去看,你就能大致算出这么一个蛋糕有多大。

但是,我觉得在今天这样一个特殊的时代,从全球经济发展的角度说,粉丝经济很难保持可持续性。

随着时代的变迁,粉丝会产生很大变化。

比如说,崔健拍了一个《蓝色骨头》。崔健,像我们这代人都是他的铁杆粉丝,但是随着时间推移,毕竟他是二十年前的“愤青”,我们在那个时候,在首体看他的演出,一直站着,一直欢呼,一直从头到尾保持着激情的状况。但,随着时间推移,随着年龄和阅历的增长,很多人冷静了,理性了很多,虽然他可能依然保持愤怒,依然想表达对这个时代、对这个社会的个人的看法,但是他的票房已经体现不出来了,因为更多买票看电影的是年轻群体,所以粉丝是一个年轻人的现象，是跟青春有关的当代的文化现象，它能持续多久，这要看整个中国的文明未来是否会发生很大结构性的变化。

不过，我们必须承认：随着社会进入新媒体，特别是自媒体时代，很多东西都会变，粉丝文化和粉丝电影本身在世界电影史上就是一个很独特的文化现象。

《士兵突击》成功的背后

谢嘉幸：我们大家很期待了解，你是如何策划电视剧的。

李洋：在今天这样一个环境下，中国电影（年产五六百部的量）绝大部分来自政府等公共资金的投资，但是电视剧不一样，中国电视剧95%的制作资金是来自民间资本。

民营资本的特性是一定要盈利，因为它不是赢面子，政府很多是赢面子，可以亏本赚吆喝，所以我们做任何剧，包括做主旋律这样的剧都会首先考虑盈利。

像我们做《士兵突击》，2006年，当时整个剧的成本没有像现在这么高，我们拍这部戏用了1200万。

当时那些演员都是我们工作室的，成本相对控制得比较好。

30集电视剧《士兵突击》,改编自兰晓龙小说《士兵突击》,由著名导演康洪雷执导、兰晓龙编剧,由王宝强、陈思成、段奕宏、张译、邢佳栋、张国强、李晨等主演,由八一电影制片厂、北京华谊兄弟影视投资有限公司联合出品。本剧以军事动作、青春励志为题材,讲述了农民出身的普通士兵许三多的成长历程,不抛弃、不放弃,最终成为一名出色的侦察兵。该剧上映后引起热烈反响,获得第 27 届飞天奖、第 24 届金鹰奖优秀电视剧奖等多个奖项。2013 年,宣传部、教育部及共青团中央决定向全国青少年推荐 100 种优秀图书、100 部优秀影视片,《士兵突击》等 23 部电视剧榜上有名。

一个戏必须要盈利，我们就从营销角度来测算它的风险，做风险评估：1200 万我们通过哪几个平台能把它的成本赚回来,这是首先必须考虑的。关于这个问题,我们在开机之前反复测算,测算可以跟哪些电视台终端去对接,最后算出来的结果大概亏 200 万,只能回 1000 万。当时 200 万对我们来说还是一个很大的数字,现在中国钱有点毛了,有点水了,可能不觉得什么。当时那200万曾经是令我们十分头大的事。

最后我们还是开源节流，派了很多人到各个电视台走了一圈，同时又压缩开销减掉了100万。

这样在开机前，我们的预计亏损就成了100万，不过，想想这我们能够接受，就开机了。

丁旭东：最后的结果呢？

李洋：最后的结果当然是出乎意料。

这个剧刚首播的时候情况不妙，和我们的估计产生很大反差，我们当时特别希望首先在中央电视台播出，因为我们这个戏很干净，很正能量。

结果，在央视吃了两次闭门羹。

人家觉得我们这个戏没有几大要素，比如说，你的编剧是不是一个金牌编剧？当时我们的编剧兰晓龙*，名不见经传。而后说你的导演是谁？导演是康洪雷，当时康洪雷应该还是有两个代表作的，一个是《激情燃烧的岁月》，一个是《青衣》。这两个戏拍得还是比较不错。而后问第三大要素，演员是谁？演员几乎一个名字都叫不出来，那个时候他们不像现在有知名度，可能有一个人还有点名，这个人叫傻根，央视领导可能也忙，可能也没看过《天下无贼》，也不知道傻根是谁。所以最终央视没有要我们的戏。

怎么办？

我们只好通过地面山西青年频道首播，一点一点预热。不过这也不是个好办法。

*兰晓龙(1973~　)，编剧、作家。2006年凭借《士兵突击》获得第14届上海电视节白玉兰奖最佳编剧奖和第27届中国电视剧飞天奖优秀编剧奖。由此跃入国内一线编剧行列。

最后多亏互联网帮了我们大忙。互联网上有一批年轻的观众特别喜欢这个戏,使得我们上卫星播出的时候,一炮打响。

中肯地说,这个戏没有挣什么大钱,但是赢得了巨大的荣誉。

谢嘉幸:名声很大。

李洋:是的,名声很大,戏也卖到了日本。日本把它名字改了,叫《中国版的阿信》。它就是一个草根圆梦的故事。日本一集给了一万美金,还算不错。

在国内,整个盈利面也还不错,但是要以它的影响和盈利的情况相比,不是成正比。

现在我们认识到,做这种有品牌、有品格的剧,在商业诉求上不应该有太高的期望,能够平本就算成功,能够赢得观众口碑就更好了。

《亮剑》推出

谢嘉幸:《亮剑》呢?

李洋:《亮剑》是 2004 年,当时因为这个小说本身有个很好的基础,所以我们对它的市场没有任何的担忧。另外,《亮剑》的主人公是一个非常出位的、非常有棱角的人物,这是我们过去所有的电影和电视剧没有见过的我军军事将领的形象。主人公咋咋呼呼、疯疯癫癫的,有很大的毛病,甚至有点脏乱差,

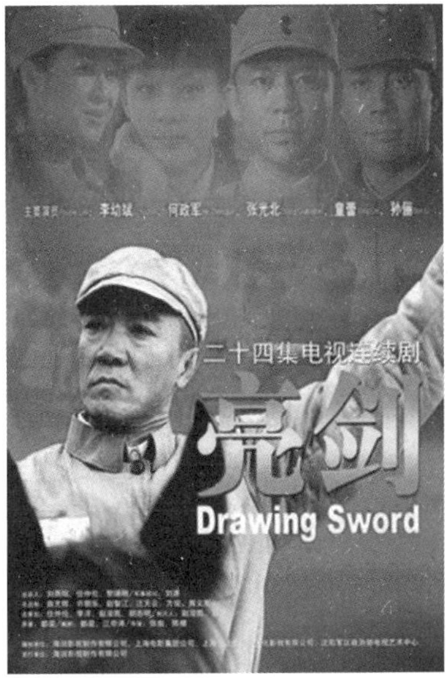

《亮剑》是海润影视制作有限公司出品、发行的一部战争类电视连续剧。由陈健、张前执导，都梁、江奇涛编剧，由李幼斌、何政军、张光北、张桐、童蕾、王全有、由力等联袂主演。该剧描述了革命军人李云龙经历了抗日战争、解放战争、抗美援朝战争等历史时期，军人本色始终不改的故事。在该剧中李洋担任第二署名总策划。

语言不够文明，等等，但是等做出来了以后，我自己觉得肯定会有收视率。当时也是由我将这部戏推荐到央视，这次央视一看有收视率，就照单全收了。

《亮剑》首播是 2005 年，在央视。

《亮剑》的现金成本实际上只有 43 万一集，按现在的眼光看是超低的成本。

不过，央视首轮就给了68万（一集）成交。首轮就开始挣钱，到现在，《亮剑》播了八年，现在还有电视台在播，播一次一集最少挣八万，八年之后，它依然有效益，所以它是一个传奇，在中国电视剧历史上，几乎没有几部电视剧有这样的生命力和价值，特别是价值。

有些戏首轮播完了，像老的《西游记》再播也就几千块钱一集，但是《亮剑》现在还卖到八万块钱一集，所以这个我们也觉得是很奇特的事。

到目前为止，可以说《亮剑》是中国电视剧历史上，重播率、复播率最高的电视剧。

我们统计了一下，《亮剑》重播了三千多次，即使老版的《西游记》重播了也就两千多次，所以《亮剑》是一个传奇。

丁旭东：当时在制作的时候会想到它会有这么大的成功吗？

李洋：当时我们也没有想过太多，有一点担心，就是怕审查不能通过。

后来，我跟原作者都梁先生*在这件事情，也就是在尺度的把握上纠扯了好长一段时间。我说："你太狠了，能否收一点。"他说："不能收，我的这个小说人物就是这样的。"

最后，我们也只能这样，提心吊胆地往下走。

谢嘉幸：刚才你提到央视选剧的三大要素，这次你们在演员的挑选上有没有注意了。

李洋：这次注意了，选李幼斌扮演了李云龙。

*都梁，原名杨湛，1954年生人，自由撰稿人，编剧代表作有《亮剑》《血色浪漫》等。

不过这也不是我们的初衷。

最早这个角色，首选是张丰毅，但是张丰毅那个时间没有档期，另外还有就是 2003 年他拍了《历史的天空》，他看这两个人物比较近似，所以也没有特别在意。

另外，我们选择李幼斌*还有最重要的原因，就是《亮剑》小说的版权马上要到期了，如果再不拍，著作权人就要把这个权利收回，当时公司已经花了 100 多万购买了这个剧本拍摄权。大家可能注意到，《亮剑》的所有场景都在冬天，因为它版权期是 12 月底到期，如果你 12 月底不开机的话，版权就被收回去了，所以强行起飞。演员人选都在很短时间内定了下来。

*李幼斌，1958 年生于吉林长春，2005 年出演电视剧《亮剑》，获得第 23 届中国电视金鹰奖观众喜爱的男演员奖。

演员定下来，马上进行拍摄。原来想在东北拍，因为作者写的很多是东北的事，但是 12 月份到沈阳看完景后，发现特别冷。另外，剧中有很多战争戏，战争戏要有炸点，而东北的土质有很多石块，炸飞起来容易崩到人，有一定的危险性，所以我们临时转场到了山西，因为山西土质疏松，里头没有石头。所以你看现在《亮剑》所有地貌的呈现都是山西的，全部是在山西拍的。

前面说过了，因为版权原因，跨度这么长的一个戏，我们集中起来，到一二月份就在山西把这个戏拍完了。所以，大家在戏中会看到，这部戏的季节只有一个冬天，人说话都带着哈气，它没有其他季节，有的时候为了强调一点秋天的感觉，演员又得遭罪，穿衣服少一点，但是说话还是带着哈气，没办法。

李幼斌一边拍一边说："遭罪遭罪，要不是为了这好戏我干吗要遭这个罪。"休息的时候他这么自言自语，实际情况也是这样。

百姓的电视化生活

丁旭东：我插入一个话题，就是电视生活化。我发现，现在电视剧已经成为中国老百姓的一种现代生活方式，有个研究电视文化的学者甚至说，一天三顿饭，电视剧成了第四顿，成了老百姓居家必备的“家常菜”。前段时间，我回去看望老母亲，发现她一天的生活，基本上早上起来以后电视机就没关过，有时候可能累了，在那儿打盹，电视也开着。不过，像我这样的中青年人却很少看电视，即使追剧，大家可能选择网络这种方便互动，也有更多自主性的方式看，李老师，你怎么看待这种生活现象。

李洋：的确是这样，我们在设计上也都是按照55岁以上的年龄人群作为受众群体来组织电视剧的生产。

不过现代年轻人的媒介选择多元了，像网络电脑、手机等都可以作为接受节目信息的终端，而且十分便捷，这样我们社会的媒介业态相比前几十年的确已发生巨大变化，而且，未来这种变化会越来越大，甚至会完全改变人们看“电视”的方式。

为什么当前中国电视剧产量世界第一

谢嘉幸：刚才你介绍现在我国电视剧的产量世界第一，到底这个第一是个什么具体内涵，能不能举例说明。另外，你又说到中国媒介业态在发生巨变，可为什么现在电视剧的生产还是如此火爆。

李洋：去年我国打破年度生产电视剧 17000 集的历史纪录。生产过剩、供大于求是我们业态的现实。其实，全国所有的电视台加在一起的消费总量不过 7000 集，中间再插播一段重大活动，像 APEC 这种活动、晚会等等，实际可消费总量比这更少。

也就是说，10000 集都是盲目无效的生产，因此，我说中国电视剧现状是供求严重失衡，电视剧做得太多了。

但是，一方面供大于求，另一方面社会的热钱不断涌入。前几年中国的两大热钱一个是房地产，一个是煤矿，电视投资主要来自山西方向和内蒙方向。我想这可能是因为矿老板挣了钱以后，就开始来圆梦，圆他们童年时候，也可能是青少年时候的文艺梦。

另外，不得不说，在很多人眼里电视剧这个行业很特别，门槛特别低，仿佛只要有钱，编一个本子(剧本)，就可以造出产品，因此，我们现在可以看到大量的产品,不过,这些产品大多因为专业化程度不够,所以一大半都死掉了。

现在这种人很多,也包括我的一些朋友,他们拿钱出来拍戏,拍完戏也不知道这个戏还要去注册,结果呢?连个手续都没有,这个戏就拍完了。拍完后,他们来找我说拍了个电视剧,我说这个项目立在哪儿,他们说要立什么啊,自己掏钱,自己拍,我说不是这样的,如果这部电视剧要作为一个产品,是要注册的,首先要经过广电总局审批,要有手续,而且需要有资质的公司来立项,这个要有一整套手续的……他们根本不知道拍电视剧要注册,就把“孩子”已经生下来了,你说这是不是个笑话。

前两年类似这种笑话还不在少数。

后来我跟他们开玩笑,既然有钱,就把它们当作家庭影院产品放给朋友们看就行了,上线就甭想了,因为没有手续。

所以我说,中国的电视剧产量第一,体现了市场的繁荣,但它是一个不正常的繁荣。

另外,中国电视剧产量的这个第一还会引起很多的连锁反应,比如电视台争夺收视率,因为市场份额就这么大,而全国有二十七八个省级上星的播出平台(卫视),各个平台就相互 PK,都要在收视率上争夺一个位次,主要目的是为了拉动广告。因为,含中央电视台在内所有的电视台都得靠广告活着,广告商是他们的金主,如果没有广告电视台就得关门。结果呢,购买收视率或收视率造假的丑闻又层出不穷了。可见这个反应又波及电视收视率体系合理性的问题了。

新媒体对传统影视产业的影响

丁旭东：现在新媒体出现以后，是不是对电视剧产业冲击很大？

李洋：这是个新的话题。

客观地说，新媒体的出现对电视产业的影响，就像当年电视的出现对电影工业的影响一样。

这两年，网络技术迅猛发展，Wi-Fi 应用愈加普及。一个月前，我在北京参加了一个世界广播技术博览会，网络、宽带技术的发展和更新速度真是令人咋舌。现在，宽带的速度，每年以 3 倍的速度在进步，用不了多长时间，我们在世界上任何一个角落，都可以通过无线接受信息。别看现在有时候有些地方信号不好，还需要举一举，看一看，但转眼，就会实现无缝的、无盲区的信息接收。而且，它的使用成本也在快速降低，只要流量费用低到一定的程度，人们就会很快抛弃电视。特别是人们逐步摆脱对有线互联网的依赖，进入无线时代之后。

在互联网的时代，电视剧也将转型。

现在出现了一种新的剧作模式叫网络剧，虽然现在有大量的美剧、韩剧，可年轻人更关注的就是它。

前几天，我碰到腾讯视频的老总，就问他，现在的年轻人看不看抗战剧？他说，最近抗战剧点击率上来了，从后台的统计数据来看，年轻人也在关注抗战剧，过去他们只看美剧、韩剧和网络剧。

说实话，现在电视台的危机已经出现。

中央电视台可以作为一个标杆，因为它是中国最大的电视台，是国家支撑的电视台。它的全球信息覆盖率，世界第一。它可以覆盖到中国960万平方千米中98%的地区，特别是央视一套，其覆盖面基本上在中国无盲区。

中央电视台去年的广告总的收入是300多个亿，这是全台十几个频道广告收入总和。

同样是去年，百度公司的广告收入是多少？大家知不知道？

是300个亿，它几乎和央视打了一个平手，也就是说一家网站可以跟中央电视台十几个频道PK。而且未来赢家还必然属于这家网站，因为它的广告用户是300多万个，而央视的广告用户也就300个左右。你想想，央视的这些大客户只要有一家效益不好，它的广告收入就会受到影响，而网站的这数百万广告客户中，数百家倒下去，又有上千家站起来，而且注定站起来的越来越多，所以它的收入是稳定的，是可以持续上涨的，而央视能走的，只有下坡一条路了。

所以说，未来的影视帝国在网络。

道理很简单，它们有这么大的广告收益，兜里有钱，那就有话语权，就可以介入影视的投资，并按照自己的意愿去主导它的发展，没有谁可以阻挡。

丁旭东：最近我看到一则报道，BAT（即百度、阿里巴巴、腾讯）等网络公司已经通过参股投资、签约导演等方式进入了影视界，正在取代传统的矿老板成为新一代“掌门人”，博纳影业公司的老板于冬甚至在上海国际电影节上预言：未来中国的电影和电视剧公司都将为互联网公司打工。可见，网络影视帝国的格局正在成为现实。

李洋：是啊，网络做大已经是现实了。

不过，网络公司介入我们这个行业，也面临一个必须解决的问题，就是商业模式如何形成，盈利点从哪里来？

电影公司的收入是一张票一张票卖出来的，电视台、互联网目前的主要的收益渠道还是广告。但仅仅靠广告能够收回电影和电视剧的成本，并实现盈利吗？

这显然还是个未知数，因为这么多年来，我国的很多网络公司都还在烧钱，去年我问爱奇艺的老总，你们现在经营状况怎么样，他说还在亏钱。

丁旭东：我想网络公司的介入或许存在多种可能，其中一种就是资本控制电影生产后，先通过传统的渠道即院线获得第一波票房收入，然后再通过网络等渠道获得第二波收入，然后是从其他渠道再获得收入，也就是说，网络公司的介入未必完全通过网络进行产品营销，总之，办法是有的。到底情况会是如何，不久便会水落石出。不是吗？

李洋：是的。不管怎么样，新媒体一定会后来居上，这谁也阻挡不了。

未来有可能，电影公司等传统媒体被新媒体一一吞并。

因为电影公司这样的传统媒体如果经营不下去了，奄奄一息，走向死亡，这时候不管是被兼并也好,被控股也好,只要被新媒体输入了资本的血液,就有可能延续下去,甚至重新焕发活力。

丁旭东:的确如此。

不过我还要补充一点,就是新媒体的时代是海量数据的时代,一切均有可能。

据统计,2013 年我国新产生的数据总量超过 0.8ZB(相当于 8 亿 TB),相当于 2009 年全球产生的数据总量。显然这些数据绝大多数是新媒体的个人用户产生的。

不仅如此,新媒体用户不仅创造海量数据,也在悄然创造新的影视时代。

《后会无期》是一部由韩寒担任编剧及导演,由冯绍峰、陈柏霖、钟汉良、王珞丹、袁泉、陈乔恩联合主演的喜剧爱情冒险公路电影,该片制作成本 5000 万人民币。

去年，首次担任导演的韩寒推出了电影处女秀《后会无期》，上映后很多专家评论说，这是什么电影，就是一个语录集！可这又有什么呢？也就是半个多月的时间，在千万粉丝的支持下，这部电影就收获了 6.5 亿的票房，由此开

《纸牌屋》是 Netflix 公司出品的一部政治题材电视剧，改编自迈克尔·多布斯创作的同名小说。由大卫·芬奇导演，由凯文·史派西、罗宾·怀特、迈克尔·吉尔等主演。该剧于 2013 年 2 月 1 日在 Netflix 网站上对全球同步首播。

创了粉丝电影的新时代。

还有一个突出的例子，就是 2013 年风靡全球的美剧《纸牌屋》。这部剧在 Netflix 视频网站播放时，网站后台将观众观看时的各种行为，如暂停、回放、快进、停止等作为数据记录下来，然后迅速对海量数据进行分析，随后按照分析

结果调整剧的生产制作,如演员选择、剧情设置、导演阵容调整等,从而让创作和受众积极反应之间产生了极其紧密的关联。由此可见,未来,大数据可能成为剧的幕后的“真正导演”。

总之,还是那句话,新媒体时代对影视业而言,一切皆有可能。

大数据时代给我们带来什么

李洋:说到大数据时代,我认为这是一把双刃剑。

好的地方,是它的确给我们提供了很多客观的便利,比如想知道什么样的作品能够成功,可以通过对中国现在影视剧市场进行类型分析,对内容设计,就像《纸牌屋》的创作一样,对观众的所有行为进行量化分析,然后得出结果做出最佳的制作方案,最后它的收益可能远远超过最有号召力的明星组合,从而实现以小博大。

在我国这样的大数据分析公司早就有了, 比如说收视率的统计公司如央视索福瑞等。

“不好的地方”是数据公司给你提供大数据的统计,你得花大钱去买,而且这个数据很贵,都是明码标价,因为它有成本。

当然这也不能算是不好的,这只是商业规则,买人家的东西付钱是天经地义的事。

真正不好的地方是大数据功能的异化。

最近,中国收视率污染问题成为我们这个行业的一个核心话题,在网上也是吐糟得很多。

我先说说这个收视率是怎么来的。

一般,收视率统计公司会在一个城市选择一些用户做样本,然后把机顶盒植入样本用户,机顶盒记录这个家庭成员收看电视节目的情况,通常看一个节目停留 5 分钟以上,就可以形成原始调查数据,换台不算。

在北方,被选择为样本用户的有 3000 个,这样就有了样本库。样本库每天输出收视数据,也就是这 3000 个用户电视收视情况,然后收视率统计公司对这 3000 个用户的收视情况进行统计分析,最后形成了电视收视率报告,将各个电视台节目的收视率进行比较,形成收视排行榜。

由于收视率排行榜有着巨大的商业利益,于是就出现了一些造假的公司。他们肯定有他们的渠道,知道哪个家庭,哪个社区,哪个门栋,第几楼第几号房有一个机顶盒,掌握这个数据之后,就一家一家去,甚至用送电视机的方式让用户长年绑定他们指定的栏目。当然不一定就是送电视,也有可能给钱,或送金龙鱼油什么的。

总之,他们用这种方式来控制这些机顶盒,然后转身就跟电视台的制作人、电视剧的制作人谈,说确保你进入前五名,但是你得花钱,按照现在的说法是如果进前五,一集就给十五万。由于这个收视率排行榜直接决定电视台的广告收益,也就间接地决定了电视剧或电视节目的购买价格,所以就有制作方花五百万的钱去买他的收视率。

其实,这就是个商业欺诈行为。

为这事我问过很多法律方面的人,这是不是违法犯罪,他们说中国的法律好像还没有条款规定它是什么罪,现在还属于模糊地带,但无论如何,它已经成了我们大数据时代的一个阴影。

说说公益电视

丁旭东:我们还是换个话题吧!

李洋老师,你认为未来电视台会不会也有可能被新媒体公司吞并掉呢?

李洋:从目前来看,还不大可能。因为电视台在中国被誉为政府的喉舌,党的传媒,它目前还是在党和国家的宣传体系监管之下运营的。

不过,我们国家的电视台也会存在一个很长时间的困惑期。

一方面,它的许多内容,包括它的主观命名,都是由组织安排的,它要体现党和政府意志。

另一方面,它又在市场中。

我经常和一些电视人讨论这个问题,议论中央电视台。我觉得,央视在目前的体制下应该至少有一个频道是没有广告的公益频道。

杨伟光

这个观点我也曾经在几次会议上提出过，你说我们这么大的一个国家怎么会没有公益频道呢？这在国外也大有先例啊，比如说英国的BBC，日本的NHK，都有频道是没广告的，它永远是传递着传统的声音，包括国家的、民族的，历史、音乐、戏剧，等等。

我十分担心，未来我们媒体在全面市场化之后，我们所有的严肃文化可能会失去下脚的地方，比如说，我们的李白、杜甫、白居易、苏东坡，我们的孔子、老子，等等。总之，纯粹体现我们优秀传统文化的戏可能拍完了都没有办法播出，因为电视台会认为这些东西没有收视率。

几年前，我听杨伟光*谈过这个问题，他说他们有一个调研，调研的结果是央视的广告总量是基本恒定的，就像这个盘子里的水一样，匀到这儿匀到那儿差不多，所以他们还是想追求一下这种人文知识内容的传播。

虽然现在央视纪录片频道上线了，但未来命运究竟如何，真的不好说。

谢嘉幸：纪录片频道的经济效益如何？

李洋：肯定是亏损的。虽然它也有广告，但广告的价位比较低，因为它的受众人群比较少，收视率上不去。

丁旭东：除了纪录片频道，央视还有戏曲频道、音乐频道，据你了解，这些频道的效益如何？

*杨伟光(1935~2014)，广东梅县人，曾任中央电视台台长、广电部副部长等职，是我国电视产业最早的拓荒者之一，他大力推动央视新闻改革，先后创办了《东方时空》《焦点访谈》《新闻调查》《实话实说》等具有较大影响的电视栏目。

李洋:都不太好,但各有各的不好。

戏曲有它特定受众群体,这个群体可能是铁杆的,但也是小众的。所以,戏曲频道对于非“票友”(爱好者)的一般百姓而言,根本就不会看,通常调台时连停都不停就直接跳过去了。

音乐呢?受众群体很大,音乐的网络点播率是非常高的,但电视音乐频道效益也不好。因为电视内容相对固定,不同观众对不同音乐喜好不同,这样就很难把大量观众的注意力都集中在一个频道上。

另外,现在我们进入一个多屏时代,对于音乐节目而言,老百姓不是不看,只是方式变了,媒介变了,多半的人都到别的地方看了,比如 ipad、手机、电脑,等等。

归根结底,电视属于大众媒介,传播的是大众文化,它和精英文化稍微有点格格不入。所以,凡是小众的、偏向精英文化的电视节目都不会有太好的市场效益。

电影、电视剧与音乐

丁旭东:音乐通常会被认为是电影艺术或电视剧艺术的一个部分,你是怎样看待这个部分,以及这个部分与整体之间的关系的?

李洋：的确，音乐是电影、电视剧不可割舍的重要组成部分，几乎任何剧都要考虑音乐的构成，包括音乐的气质。

至于音乐和影视的关系，我没有从理性上全面思考，但在实践中却有着深刻的体会。

截至目前，我做的戏里有五六部的创意首先是来自音乐，也就是说在没有剧本的时候，我的音乐已经把整个剧的基调甚至布局都确定了。

比方说《幸福像花儿一样》。如果大家看过会觉得这个片子的旋律非常熟悉，是的，那个是《美国往事》中的音乐*。这就确定了这是一部怀旧戏。

如何体现怀旧感，我跟高希希导演讲，开始的画面可以是一片向日葵，这个画面构成一个时代的意象，即“文革”末期。我们要把那个时代脏的东西过滤掉，把内容提纯，因为我们做的不是纪录片，要书写的是我们的童年，那个属于我们自己的过去。那时候，虽然国家很乱，但我们活得很干净。

关于这个剧的音乐还有一个插曲。

后来，剧组请李海鹰老师为这个剧写主题歌，就是孙俪唱的那首《爱如空气》。

歌曲刚出来的时候，我一听，感觉不对，就对他们说：“这个歌曲很好，但用在这里完全不对，因为它不符合我们作品的内在品格。”

我建议重新做，可以考虑把《美国往事》的音乐拿过来贴贴看。

于是，又重新走了一个音乐，把《美国往事》的音乐贴了上去，果然特别合适。

*《美国往事》音乐中选用了排箫等特色乐器，营造了“神秘”“梦幻”“幽远”“飘忽”的情感氛围，淋漓尽致地表达了画面无法表达的意味。

该片音乐毫无争议地获得1984年金球奖和奥斯卡双项提名，并最终获得当年金球奖最佳配乐。

*创作型流行歌手朴树曾说“如果《送别》歌词是我写的，我当场死在那儿都可以——”。这话体现了对弘一法师作品的敬意。

这是一个突出的个例，就是从音乐上找到一部戏的气质，然后按照这个气质去寻找可以与之匹配的东西，这样给我们的判断提供了依据，从而解决了很多在选择上困惑的问题。

再说一个例子，《战北平》。

我当时找到一首歌《送别》*，它原来是美国民歌，后来经李叔同填词并传唱开。我听着这首歌：长亭外，古道边，芳草碧连天……感觉那个旋律特别有民国的味道。我就说我们先把作曲家找来，以这个旋律作为主题，做个大音乐，但要把这首歌从头至尾贯穿到各个片断里。

音乐做成了，我才跟编剧、导演去谈，就说你们按照这个音乐的基调来编、来拍。

最后剧拍成了，看过这个剧的人都会感受到一股浓浓的民国风，把人一下子带到那个年代。所以我说音乐特别重要，对电影和电视剧而言不仅是艺术的重要组成部件，还可能是艺术创作的灵感和因循的主线。

丁旭东：李洋老师的介绍给了我很大启发，但他的结论似乎和我感觉到的现实情况不太相符，也就是说国产影片或电视剧的音乐平庸或拙劣之作远远多于优秀作品，而我们在看国外大片时往往又得到相反的感觉，想问李洋老师，这是为什么呢？

李洋：是的，我国每年产出五六百部电影和17000集的电视剧，而我举出的例子也就这么几十部，这就是你产生这种印象的原因。

客观地说，现在影视音乐在影视作品创作中还是处于特别被动的地位，因为它们要去贴片,也就是说要迁就情节去做音乐,包括像日本的久石让*这样一个电影音乐的大师,他也是看着画面找感觉,这种创作的确跟纯原创的音乐创作是不一样的,是偏被动的。

*久石让,1950年生于日本中野,著名日本音乐人,作曲家、钢琴家,他为《风之谷》(1984)、《天空之城》(1986)、《千与千寻》(2001)等影片创作的配乐广为流传。

影视文化如何走出去

丁旭东:我还有一个问题想和两位探讨一下。

中国的影视怎么走进国际市场?

实际上美国好莱坞在这方面做得非常成功,咱们现在提出讲好中国故事,讲得怎么样我不知道,但好莱坞讲美国故事,在中国好像讲得很成功。

你看,《星球大战》《变形金刚》《阿凡达》《泰坦尼克号》,电影是一部接一部,不时刷新我国票房收入纪录。

你们说这是为什么呢?

李洋:“中国文化走出去”是我们这个行业已经喊了很多年的口号了,国家广电部门还专门立了一个文化走出去的工程,但这么多年来基本没有收到实效。

谢嘉幸:准确地讲,应该是没有收到什么大实效。我们国产影视作品还是有走出去的,虽然很难,不过大多数都没走远,像《三国演义》《西游记》也就是走到日韩,走到华语文化圈。

李洋:这虽然是事实,我认为也不能算真正地走出去,因为无论走到日韩还是走到华语文化圈其实都还是在一个相同基因的文化系统中,真正走出去是要跨文化的。

当然这是一个见仁见智的问题。我们来探讨一下它的原因。

我想这个原因是多方面的。

一是本身中国电影本土的市场吞吐量就足够大,完全可以自给自足。

二是我们整个行业人员的国际化运营能力和对国际游戏准则的熟悉程度都有待于提高,另外对人家的运作机制也缺乏足够的了解,在这种情况下怎么可能走出国门呢?

三是文化兼容问题。许多我们拍的东西他们看不懂,看不懂的时候,你的很多东西自然不会被接受。

四是从业人员的素质问题。客观地讲,我们缺少国际性的人才,更缺少世界性的大师。

其实韩剧和韩国电影的成功,是因为他们输送了大量的人才到美国学习。据我所知,他们现在当道的年轻的导演都是从好莱坞回来的。

最近,我看了一个从日本回来的朋友的策划案,他就想一个电影拍成三个版本,也就是说,用一个剧本、三套演员阵容,拍三套片子,有韩国版、日本版、中国版。

也只有从国外学成回来的人才会有这样的一个思路,我一个剧本一个导演，但是我有三套演员，我拍三套，都是一个片子，比如中国版、韩国版、日本版。中国版用中国演员来演，主打华语市场，韩国版用韩国演员来演，返销韩国，日本版用日本演员演，返销日本。

他这种思维方式就是一女三嫁，虽然在我们听来很新奇，但是从市场角度说，是可以做的，而且总体成本也不是特别高，只要有国际化营销的经验和能力，就有实施的可能性。

从这个例子可以明显看出，他的思维是受了国外观念的影响。

再看看我们自己，在国内票房高歌的恶搞剧、无厘头剧、粉丝电影你说它们能走出去吗？

说得再直白一点，欧美的观众是经过了非常多年的沉淀和调教的，他们大多是经过了欧洲电影文明的传统熏陶过的。现在你拿一些下三烂的东西，路边店的东西，地摊货给他们看，怎么可能被他们接受呢？单纯从技术上这讲你就通不过，其他的你还说什么？

所以我说，中国影视文化走出去难的问题是一个综合问题，不仅仅是由于文化差距，还有技术水准、艺术观念、经营理念等等的因素。真正走出去，一定需要实现文化对接，基本实现文化平等传播，如果这个不能处在一个水平面上，人家是成人作品，你来一个小学生涂鸦之作，这是不行的，是出不去的。

谢嘉幸：原因说得差不多了，我们来说说解决办法吧。

丁旭东：过去有很多专家持有这么一个观点，渠道为王。

2014年，中国万达与全球第二大院线集团 AMC 签署并购协议，万达斥资

26亿美元购买了 AMC 的 100%股权,这意味着,中国人已经在美国拥有了第二大院线资源,具体包括 346 家影院,5028 块银幕。

这么看来,中国电影走出去已经具备很好的基础条件了,未来还是十分值得期待的。你们说呢?

李洋:我觉得院线只是一个方面,是通过拥有银幕块,控制放映场地来突出自己的战线,但这不是主要。

主要还是创意人才问题。如果我们培养不出世界级的影视人才,人才都是“赵本山”,院线演的都是二人转,我说这没戏,这肯定不行。

谢嘉幸:这些年,我们也有很多导演在国外各类电影节拿奖啊,这难道还不能说明我们的部分电影人已经步入国际行列了吗?

李洋:我觉得这还不行。

张艺谋、陈凯歌*,他们是比较国际化的,起码有国际获奖的背景。但其实他们在融入国际市场方面还是有差距。

这一点,我们可以适当借鉴韩国电影的模式。它的整个大片的格局,已经可以跟好莱坞相媲美,所以他们在美国有票房号召力,美国人也愿意给他们投资。据我所知,韩国有好几个年轻导演,获得的投资都是来自美国,而且一投就是大几千万美金(一部电影),这跟好莱坞导演是同等待遇。

我举这个例子就是说我国的一些导演,虽然能够出门拿个奖,但还不能够成为国际人才。国际人才有什么标准呢?我认为就是能够跟发达国家或者是世界电影的主流融为一体,这个融不仅仅是渠道绑在一起,还包括投资、经营、制

*张艺谋和陈凯歌同被称为中国“第五代导演”,也是最早捧起国际大奖的中国大陆导演。如张艺谋 1987 年导演的《红高粱》首获国际电影节金熊奖。陈凯歌则早在 1984 年凭借执导的电影处女作《黄土地》获第 38 届洛迦诺国际电影节银豹奖,后来,1993 年执导的《霸王别姬》成为首部获得戛纳国际电影节金棕榈奖的中国电影。

作等方方面面,因为它们本身就是主流的一个部分。显然,我们的导演离这一标准还有一段距离。

另外,文化兼容性也有很大的问题。

我们的信仰体系和欧美的信仰体系完全不一样，这就造成了很多文化无法兼容。如果我们的影视产品,做成一个纯粹中国故事,完全地体现中国概念、中国梦想,尤其是完全地体现中国政治意识形态的内容,那我说这实际是在做宣传推广,对对外文化传播而言,只能是障碍。所以,我们看到,这方面目前我们还没有一个特别成功的典型案例。

谢嘉幸:前一段我们也请周星*来了,他讲了一个策略,就是元素植入。

你看功夫是我们的,熊猫是我们的,但《功夫熊猫》不是我们的,通过这种方式西方文化就顺利地走进中国。

李洋:这个观点我是赞同的。但别忘了一个前提,中国百年来,尤其是改革开放以来,在实际层面是全力地学习和吸纳西方文化的。所以,西方文化的电影、电视剧,中国老百姓是接受的。但中国的影视作品不一样了,它要走出去,首先要考虑国家的利益、民族的文化,否则你说中国人制作了一批体现西方文化的大片,即使打入了西方的主流市场,但你能说这是中国文化走出去了吗?

不过,元素植入这个思路很好,用西方的元素讲述中国文化,值得尝试。

总之,中国文化要走出去,我认为就要开放包容,除了文化本质不能丢,其他的都可以考虑尝试探索,如果还是一味地故步自封、孤芳自赏,恐怕“走出去！”的口号喊得再响,持续的时间再长,也难以取得实效。

*周星，北京师范大学艺术与传媒学院教授,影视艺术理论家。

谢嘉幸：好了，今天的话题我们谈得差不多了，下面我们进入最后一个环节。

现场答问

问：中国的电影票房有没有炒作造假的嫌疑？

李洋：票房有水分，有这个说法。

但是票房造假总体上非常难，因为它都是用电子录入系统，一个封闭的一个系统，别人一般是难以控制的。另外，数据一旦录入，就很难改写，任何改动后台都可以发现。

所以，截至目前，中国电影的票房数据90%都是靠谱的，比电视剧的收视率更有公信力。

问：李老师您好，您在最开始的时候，提到我们每年生产500多部电影，实际上院线的只有20多部。那么这20多部电影在被市场选中的时候，是因为它们的市场性还是它们的文化属性？如果答案不是文化属性，那么电影这门艺术究竟是如何传承我们文化传统的？

李洋：这是一个很大的问题串，我尝试着对此谈谈我个人的粗浅看法。

首先，我可以明确地告诉你，中国现在的电影，特别是所谓的高票房电影是没有根的,或者说是脱离传统文化的。

对于这么一个宏大命题而言,这个回答是颇令人感到遗憾的。

我们号称有 5000 多年文明历史,我们是文化根基很深的民族,我们有非常悠久灿烂的民族历史文化,还有丰富多彩的少数民族文化等等。但是现在我们的电影的确是因为市场化以后被扁平化,无根化,浮萍化,所以任何文化承载的想法都是奢侈的。

其次,我还要告诉大家,在这每年 500 多部电影里头,传统文化在那些没有上院线的片子里有一些是有涉及的。

但是,因为它们不够市场化,就被打入了另外一个阵容,就是直接进了档案馆,有时候我们也把它们称为档案馆电影。这些电影除了一些审片人和局部的创作者,可能很少有人看过,因为它们出品之后就被打了封条。

但我们并不能否认这些电影的巨大文化价值。

也许在几十年或者上百年之后,这些没有进入院线,没有实现商业传播的电影,反而会被人们重新提及,因为它们能够让人们了解几十年前或者百年前的人是如何思考问题的。

我举一个具体的例子——《孔子》,现在有两个版本的电视剧《孔子》,都是大导演拍的,一个是张黎导演,一个是韩刚导演,两个导演拍的也都是 5000 多万的投资,结果“没有”电视台要。

可见当前中国的很多媒体人缺少担当, 所以他们才会对自己民族的历史文化采取这种抛弃的态度。

当然我说这话是因为我不在其位、不谋其政，可能是站着说话不腰疼。

或许，我要在那个位置上，如果电视剧没有收视率，没有广告，我会被下课，最后也会采取与他们一样的态度。

所以，我认为传统文化传播不了的问题也可能是现代传媒业态或者文化生态畸变造成的，这才使得他们没法去履行对民族传统文化传承与传播的责任。

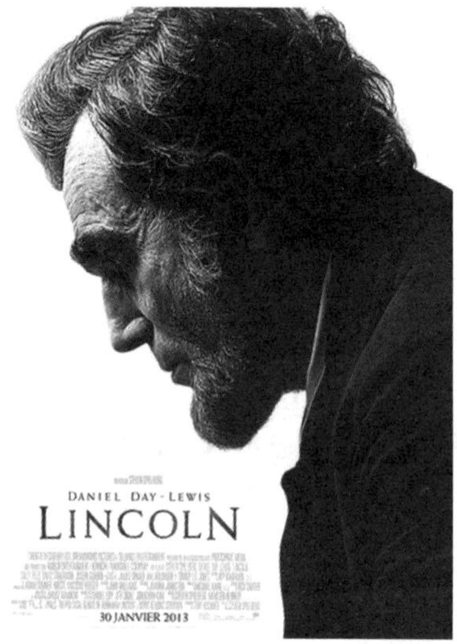

《林肯》由美国导演史蒂文·斯皮尔伯格执导，由奥斯卡影帝丹尼尔·戴·刘易斯主演。本片主要根据普利策获奖得主、历史学家 Doris Kearns Goodwin 的著作《对手团队：政治天才林肯》改编而成，讲述美国第 16 任总统经历南北战争，统一美国的故事。

不过,这也可能只是一种借口,其实民族历史文化的传播,好莱坞已经做得非常非常商业。

他们几乎每年都会推出一两部特别严肃的影视作品来回顾一下他们的历史,使文化能够持续地传承下去,这方面的作品有很多如《林肯》《辛德勒名单》《二战七十年》,等等。

两者比较之下,我觉得我们在这方面做得是相对比较差的。当然,造成这种情况原因也不仅仅是这一方面。

谢嘉幸:时间过得好快,今天的三人谈又到了和大家说再见的时间了。

今天李老师给大家带来了很丰富的信息和真知灼见,让我们了解了影视策划,也给我们带来了很多的思想启示。让我们再一次以热烈掌声感谢李老师做客音乐纵横三人谈。

谢谢大家!

编后微评:

策划,其实是和我们每一个人都息息相关的。古人说,"知己知彼,百战不殆"(《孙子·谋攻》),就是说只有充分了解竞争对手或工作对象,并充分正视自己的实际条件、状况等,才能取得成功。当然这话两说,如果了解后自觉技不如人,还是早点退出为好,否则就是飞蛾扑火了,这是第一。第二,仅仅充分占有信息还是不够的,因为"凡事预则立,不预则废"(《礼记·中庸》),就是说针对将要发生的各种情况、各种问题，提前做好对策准备，做好计划才能够达到预期目的。显然，这话要比“百战不殆”的武断说法更具有现实指导意义。

就拿那个曾名列中国大陆富豪榜第8位(据1995年《福布斯》数据)的巨人企业老总史玉柱来说吧，他在20世纪90年代中期是“全国十大改革风云人物”，曾一次又一次和总理握手，那时的他可谓凌绝顶，览小山，风光无限。可是呢？一个策划不到位(投资房地产业，盖巨人大厦，将原本盖18层的建筑拔高到70层，准备盖中国第一高楼)，结果呢，从高山之巅跌入深谷之底，从国家级富豪成为欠债2.5亿的“干号”(当然，他后来东山再起，改行后赚了数百个亿，这是后话了)。可见策划是多么重要。

不过，从李洋老师的谈话中，我深刻感到，要真正把策划做到高段位、高价值是常人难及的(大多数的策划只适宜被称为参考或计划，当然这种层面的“策划”往往是对结果不负主要责任的)。如果强以为之，人虽不至，心向往之的话，那有两点是必须具备的。

第一，穷尽式信息获取能力。当然，穷尽是个夸张说法，是理想的，不是现实的目标。所以，我们有必要换个说法，就是“核心信息要素的获取能力”。

我们来看李洋的以下谈话：

“《亮剑》重播了三千多次，即使老版的《西游记》重播了也就两千多次”。

去年我国打破年度生产电视剧17000集的历史纪录。其实，全国所有的电视台加在一起可以接纳的消费总量不过7000集，中间再插播一段重大活动，实际可消费总量比这更少。

《泰囧》在美国几乎是零票房。

这些几乎是机密级的信息，恐怕只有行业最核心成员才能获知。做个不恰当的比喻，去当卧底以获得机密信息，只做到一般门卫或工作人员是根本不可能的，必须要达到要员一级。所以，一般人或外围人士做出的策划只具有一般参考意义。要真的以此决定重大行为决策，那是不可能百战不殆的，只能说是参与风险系数不等的赌局。

第二，具有极为深刻的思想能力，或者说信息洞察能力。面对多重复杂信息如何把握其核心本质，并做出判断，这恐怕只有极为睿智的人才能达到。

我们来看李洋的一些论断：

戏曲有它特定受众群体，这个群体可能是铁杆的，但也是小众的。所以，戏曲频道对于非票友(爱好者)的一般百姓而言，根本就不会看，通常调台时连停都不停就直接跳过去了。

“音乐呢？受众群体很大，音乐的网络点播率是非常高的，但电视音乐频道效益也不好。因为电视内容相对固定，不同观众对不同音乐喜好不同，这样就很难把大量观众的注意力都集中在一个频道上。另外，现在我们进入一个多屏时代，对于音乐节目而言，老百姓不是不看，只是方式变了，媒介变了，多半的人都跑到别的地方去看了”。

“粉丝是一个年轻人的现象，是跟青春有关的当代的文化现象，它能持续多久，这要看，现在整个中国的文明未来是否会发生很大结构性的变化”。

《泰囧》是个很闹腾、很神经病的一个电影。无论从电影的文化，从艺术，还是从电影本身的历史横向比较，都会得出这样的结论。可是，特别奇怪，它成功了，而且作为一面镜子可以观测我们现在的文化，我国年轻人的精神需求。

“中国高票房的电影，它在中国虽然成功了，但到底上不了台面，说白了就是窝头，即使我们卖了一个黄金窝头的价格，其实还是窝头”。

相信大家听到这些话后和我一样，有一种豁然开朗的感觉。这就是思想的穿透力带给我们的感觉：通过简短普通的话就把常人久思不解的疑团给化解了。所以我说，高价值的策划人堪称思想家。

以上两点，不能完全概括一个专业影视策划人的素质全部，不过能在一定程度上反映各类策划人的普遍性的能力特征。

后记

《“音乐纵横三人谈系列”——瞿小松、谢嘉幸与文化名流·影视对话录》这本书从策划、编辑、校勘、评注历经三度春秋，终于到了付梓出版时刻。这是一个结束与开始交叠并蓄的时刻。

说到结束，要将时光的刻针回拨到2011年11月2日。这一天的下午2点至4点，著名音乐学家田青研究员与瞿小松、谢嘉幸教授在中国音乐学院主楼阶梯教室完成了“音乐纵横三人谈”首场学术讲座——《传统文化与现代》。之前数月中的某日，著名的作曲家、音乐文化学者瞿小松新聘为中国音乐学院教授(外聘)，正思考着该为学生们开设什么课程的问题。其中一门，早有主意，即为作曲系的学生开设一门专业类课程，而另一门呢，却始终没有定下来。一次，在校园中与时任中国音乐学院音乐研究所所长的谢嘉幸教授相遇，谢教授说，我看开一门类似谈话节目的讲座课挺好，就叫“音乐纵横三人谈”，于是在时任中国音乐学院研究生处处长赵为民教授的鼎力支持下，这门课就开起来了，而且一开就开了五年。这门课程开设之初，受到了学校主管领导和研究生处主管领导的大力支持，获得了北京市教委批准的“中国音乐学院重点学科——音乐学”专项经费支持。课程开设这几年来，因其学术性强、信息量大、知识面广、形式活泼、别开生面，受到了我校广大研究生们的热烈欢迎和普遍好评，先后选课学生近5000人次。同时，在国内高校中也产生了较强的品牌影响力，许多校外的学生和异地的社会人员都纷纷前来旁听。任何事物都有一个生命过程，“音乐纵横三人谈”也一样。它的终点定格在了2016年11月17日，这一天的中午12点，著名音乐理论家、中央音乐学院周海宏教授结束了与瞿小松、谢嘉幸教授关于”本质、品质、价值——艺术本体价值评价的三本基础判断“专题对话，至此，”音乐纵横三人谈“完成了历经5年86期的系列课程，此后，瞿小松教授"飞回"侨居之地——瑞士,"音乐纵横三人谈"系列讲座课程也就此宣告结束了。

说说开始。一段旅程结束,只是物理空间中的运动过程结束,而有意义的旅历却会深深印刻在人的心灵深处,并孕育着新生或开始。"音乐纵横三人谈"就是这样的。2015年,在谢嘉幸教授和瞿小松教授的共同举荐下,时任中国音乐学院音乐研究所博士后研究人员的知名青年文艺评论家丁旭东博士走进了"音乐纵横三人谈"课程策划组织团队。丁博士的加盟,为"音乐纵横三人谈"注入了新的生命活力,不过是以另一种形态——图书呈现出来。丁博士带领他的团队开始了"音乐纵横三人谈"系列讲座视频的文本转化、分类、校勘、评注系列工作,各位读者手中翻阅的就是其开门之作《影视对话录》。想必大家和我一样,已经领略到了本书海阔天空的知识视野,缤纷多姿的人文万象,思接千载的灵动对话与一语中的智者发言。今后,"传统文化对话录""民间艺术对话录""当代艺术对话录""现代音乐对话录"等系列图书将相继面市,我和大家一样期待着下面的精彩。所以说,本书的出版仅仅是个开始。

最后,我要感谢中国音乐学院相关领导在本书立项出版工作中给予的信任与支持,感谢上文中提到的谢嘉幸教授、瞿小松教授、赵为民教授和丁旭东博士的辛苦付出,也要感谢各位参与本书文本整理工作的硕士研究生石玥玥、徐慧玲同学,更要感谢安徽文艺出版社的领导在学术出版上给予我校长期以来的大力支持以及责任编辑刘军玲女士的辛苦工作。当然,还要特别感谢各位购阅本书的亲爱的读者朋友们,因为你们的认可与荐读才是我们工作的最大意义以及动力所在。

当我写完这段小语之时,戊戌狗年的新年钟声已经蓄势作响,值此岁末年初之际,我们衷心祝愿各位读者开卷有得,生长出思想的新芽,收获一季饱满充实幸福的人生。

张天彤

丁酉鸡年腊月二十